德语上海小说翻译与研究系列　张帆 / 主编

上海恶魔

［德］弗里德·略夫 / 著

陈雨田　张帆 / 译

世界知识出版社

图书在版编目（CIP）数据

上海恶魔/张帆译著.—北京：世界知识出版社，2019.9
（德语上海小说翻译与研究系列）
ISBN 978-7-5012-6101-7

Ⅰ.①上… Ⅱ.①张… Ⅲ.①长篇小说—德国—现代
Ⅳ.①I516.45

中国版本图书馆CIP数据核字（2019）第186802号

书　　名	**上海恶魔** Shanghai Emo
作　　者	［德］弗里德·略夫/著 陈雨田　张帆/译
责任编辑	贾如梅
责任出版	赵　玥
出版发行	世界知识出版社
地址邮编	北京市东城区干面胡同51号（100010）
网　　址	www.ishizhi.cn
电　　话	010-65265923（发行）　010-85119023（邮购）
经　　销	新华书店
印　　刷	北京朝阳印刷厂有限责任公司
开本印张	880×1230毫米　1/32　6½印张
字　　数	146千字
版次印次	2019年11月第一版　2019年11月第一次印刷
标准书号	ISBN 978-7-5012-6101-7
定　　价	38.00元

版权所有　侵权必究

（教育部备案）
上海外国语大学中德人文交流研究中心
系列成果

总　序

张　帆

　　大概是五年前，我参加了一场上海市政府决策咨询专家会，会议谈论的焦点多是经济发展、城市建设、社会管理、科技金融、文化产业等对接国家战略的应用性话题，文学俨然是这场学术盛宴中不合时宜的"零余者"。时代发展，对学者提出了更高的要求，一场"书斋里的革命"看似已是必然。可是，对于我这样一个多年从事德语语言文学工作的教书匠来说，学术转型，谈何容易。知识、思维、学养已然定型，离开文学本行的学术越界，无异于飞蛾扑火。思来想去，选定了一个较为折中的方向，姑且一试——围绕上海文化，立足文学阵地，利用德语优势，研究城市形象。

　　依照我的粗疏理解，文学形象学研究，尤其是跨文化的比较文学形象学研究，可以拓展文学研究的内涵，即从审美的途径延展到文化学、社会学、人类学、传播学、政治学等诸多领域。研究德语文学中的上海形象——乌托邦之美、恶托邦之罪、异托邦之实的书写，辨识小说中的"语词上海"与历史现实中的上海之间的叙述裂隙，揭示上海自开埠以来德国作家对上海的想象、夸饰、曲解和征用，进而分析德国文化之于上海

形象、海派文化乃至中国观念的建构和演变历程；同时，反观以上海形象为表征的海派文化在何种向度上因德语文学的传播，参与和影响了近现代德国现代性的构想和进程。就目前"上海学"研究而言，这是一个颇有挑战性的新话题。这一越界研究自然有其他学科无法比拟的优势，文学作为一个城市无可争议的精神地标，对于文化形态及其包含的文化关系的把握，其价值绝不在史学资料铺陈和社会田野调查之下，相反，其通过更有意蕴的审美感受，言有尽而意无穷的想象空间，在一定程度上展示出更为宏阔的价值和意义。

开埠后的上海作为东西方文化、传统与现代文明交汇之地，成为西方人对中国想象最典型的具象符号。毫不夸张地说，有"万国博览会"之称的老上海以一城之力投射全球风貌，是当时世界文学和电影的最佳取景之地。"上海主题"，或者更确切地说，"上海传奇"作为叙事母题曾风靡欧美，正如王德威在《想象中国的方法》中所言：小说之类的叙事文体，"往往是我们想象、叙述'中国'的开端"。[①] 而"上海，连同它在近百年来成长发展的格局，一直是现代中国的缩影"，是其他任何城市所难以匹敌的，它"提供了那用以说明现代中国已经发生和即将发生的新事物的钥匙"。[②] 因而，"上海"已不仅仅是一个单纯的地理名词、故事的背景，而是一个承载着丰富内涵的文化符号，构成故事的核心要素，拥有独立的叙述功能，

---

① 王德威：《想象中国的方法》，百花文艺出版社，2016年，第5页。
② 罗兹·墨菲：《上海——现代中国的钥匙》，上海人民出版社，1986年，第4—5页。

并"为它的书写者提供着语言、经验和叙述"。① 就此而言,"上海小说"充当了西方想象中国的重要媒介,作家们勾勒出一个个他们心目中的上海乃至"中国"形象,借用法国当代形象学家达尼埃尔-亨利·巴柔的说法:形象是一种象征性的语言,一种承载着特殊文化意义的符号。②

事实上,在中国现代性的进程中,大上海云谲波诡、风起云涌,改良在上海,革命在上海,运动在上海,战争在上海,改革在上海,发展在上海,奇迹在上海……中西方知识分子云集在天堂和地狱的交汇处、天使和恶魔的混居地,思想文化交互激荡,多语种"上海文学"应运而生,展示了"文学上海"的世界性:眼花缭乱的异域风情,荡气回肠的爱情体验,命悬一线的历险,光怪陆离的奇遇……那些浮动在叙事与人物之间难以言喻的风光与情调,成就了一个都市的传奇,更近于呈现老上海的原汁原貌,是任何怀旧照片和资料都难以还原的。多语种"上海传奇"的广泛传播,宣传和强化了人们对上海的固有印象——魔都、东方夜巴黎、冒险家乐园、十里洋场、地狱上的天堂……在西方主导的话语格局中,老上海被固化为愚昧落后的"被启蒙者"。正如巴柔所言:"形象的一种特殊而又大量存在的形式"就是"套话",而"套话"使得形象这一原本多义的文化符号逐渐演变为只表述单一文化意义的"信号",从而建立起自我区别于"他者"的有效机制,并将在"二分法"

---

① 高秀芹:《都市的迁徙——张爱玲与王安忆小说中的都市时空比较》,《北京大学学报》,2003年第1期。
② 达尼埃尔-亨利·巴柔:《形象》,载孟华主编:《比较文学形象学》,北京大学出版社,2001年,第157—159页。

的对立或对照关系之中发挥作用。①

显然,"多语种上海小说"建构起的近乎"套话"的价值评判使上海形象屈从于"他塑"的尴尬境地,作为社会集体的想象物,套话"高度浓缩地表达了一个民族对异民族的认识和感受",且"一旦形成就会融入本民族的集体无意识深处,潜移默化地影响着本族人对异国异族的看法"。②作为租界地的"宗主国",英、法、日为母语创作的"租界小说"形塑了对上海的刻板性偏见。在已经大量译介的英、日"上海小说"或"上海叙事"作品中,各种陋习,举凡烟、赌、娼、淫戏、淫书、无耻、下流、邪恶、坑、蒙、拐、骗、买官卖官、流氓、拆白党、白相人,无一不涉及,而所谓崇洋、奢靡、浅薄,也几乎无处不在,不可避免地有丑化上海形象之嫌。

当然,对于文学图景中这种流行的"上海印象",德语作家自然也是不遗余力的,现代德语中甚至衍生出了"Shanghai-Roman"——"德语上海小说"这样的专有名词,足见上海题材在德语文学界的兴盛。然而,德国在上海缺乏专有的租借地,加之一战失败的创伤记忆,以及上海作为犹太人流亡的避难之所、西德左翼运动的"乌托邦飞地"、东德意识形态阵营的伙伴等诸多原因,使得德国作家所构建的上海形象,在承继西方传统观念和套话的基础之上,又生发出新的主题、视角与手法,较之英美文学、日本文学等更具客观真实性、情感认同

---

① 达尼埃尔-亨利·巴柔:《形象》,载孟华主编:《比较文学形象学》,北京大学出版社,2001年,第158—160页。
② 姜智芹:《欲望化他者:西方文学中的中国形象》,《国外文学》,2004年第1期。

性、审美复杂性、文化多元性，呈现出多彩斑驳的"上海形象"，并将海派文化这一"中国现代性"的理念和形态呈献给德国民众。形形色色的"文本上海"在对传统东方想象的解构与戏拟之中，在现代主义或后现代主义的叙事之中构建新的中国知识与想象，赋予现代德国文学对东方名城——上海的独特想象、文化记忆和历史镜像，在总体趋向性中形成了观照上海历史文化与现代性的"德意志视角"。

近年来，我已搜集"德语上海小说"百部/篇，但迄今为止，国内几乎未有译介；概因此类作品大多取材凡俗市井生活而被归为通俗文学，而难入"经典文学"之列，导致少有学者问津。但事实上，通俗文学作为一种模式化的"类叙事"，更能集中展示和承载海派文化的物象化表征，对研究德语文学如何在内容和理念上构建上海城市形象，并受到海派文化的反向传播与影响，是绝佳的素材。

三年前，我和我指导的学术团队开始着手翻译和研究这些精彩的德语上海小说，先期出版"德语上海小说翻译与研究系列"十五部，以飨中国读者。该系列德语上海小说经过精心挑选，故事性和可读性强，主要涉及侦探、言情、商战、革命、抗战等题材，以跌宕起伏的好莱坞电影式情节引领了当时德国民众的阅读热潮，如今也将以其异域情调的叙事风格、独特的叙事视角以及丝丝入扣的情节吸引中国读者。它们一改德语文学思辨艰涩的风格，以简洁写实的笔调多维度、立体式呈现洋人、内地人、本帮人、犹太人之间的文化冲突、爱恨纠葛、家国情仇，生动还原了老上海的社会百态与人文风貌。

安娜·西格斯（Anna Seghers）是前民主德国作家协会主

席、享誉世界文坛的反法西斯作家。《安娜·西格斯中国作品集》辑录表现中国革命的小说、杂文、书信、演讲等，其中多篇作品以上海为叙事背景，在国内鲜有译介。如与中国女作家胡兰畦合写的《杨树浦的五一节》，讲述杨树浦的工人代表为庆祝"五一国际劳动节"策划罢工和示威游行的故事。《驾驶执照》以二十世纪三十年代初日寇入侵上海为背景，讲述一位被俘的中国司机与日本军官同归于尽的事迹。《计秒表》中，以泽克特将军为首的德国军事顾问为国民党出谋划策打内战，但冲锋号吹响后，士兵们却调转枪头，反戈相向，为正义和光明而战。

理查德·许尔森贝克（Richard Huelsenbeck）是德国达达主义主要创始人之一，小说《中国审判》是一部达达主义杰作，讲述了天真烂漫的德国少年埃米尔·布莱克尔曼和饱读诗书的维尔·施拉姆被投机商诓骗来到德国军火走私船"贝克尔市议会号"谋生，却遭到逮捕，审判释放后的两个人开始了在香港、上海等地颠沛流离的求生之路。他们所到之处，在华外国人的百态生活一一呈现：有的倾家荡产、有的成为替罪羊、有的投机发财、有的惨死战场、有的沦为流浪汉，怀揣发财梦的殖民者苟延残喘，前途堪忧……

弗里德里希·李希特内柯（Friedrich Lichtneker）的《台风登陆上海》以德国人的视角原汁原味摹写出二十世纪二十年代老上海的寡头政治、白人权力和工人革命的风貌。有人绝望地死去，有人一蹶不振，有人飞黄腾达，有人出卖爱情，有人丧失人格乃至国格，每个人的欲望、野心和爱情在一场革命飓风之后，该如何清算……

瓦尔特·佩尔西斯（Walter Persich）的《在上海做出决定》则讲述了一场德国人、中国人、日本人、俄罗斯人在上海、汉口、矿山小镇三地悄然展开的铁矿商战，官员、政客、商人纷纷卷入这场漩涡之中，争权夺利，国家博弈。与此同时，瘟疫的阴云笼罩在小镇上空。这一切是天灾还是人祸？德国商人普莱姆一行人能否带领小镇战胜瘟疫、让工厂重现生机？所有人的爱情和命运出路何在？中国，能否摆脱任人摆布的命运？决定，是否会在上海做出呢？

彼得·施特伦茨（Peter Strunz）的《上海要将我吞噬》背景是1940年前后的上海滩，那里暗流涌动，黑帮势力猖獗。小说标题向读者暗示，主人公的上海之旅暗藏着不安、危险和意外。为什么上海黑帮会绑架施特伦茨这个异乡人？遭遇袭击后的施特伦茨又经历了什么？朋友杜穆深这位神秘人物的真实身份是什么？在真相大白之后施特伦茨又会做出什么选择？小说情节紧凑，悬念迭生。"外滩""汇中饭店""黄包车""黑帮头目"这些打着时代烙印的符号在这位德国作家的笔下显得熟悉而陌生、真实又虚幻。

胡戈·科赫尔（Hugo Kocher）的《苦力、走私犯与强盗——一则来自中国的小说》讲述了年轻的德国神父帕特·赫尔穆特在上海布道、救赎穷人的经历。当时的上海风起云涌，各色人等三教九流，赫尔穆特周旋其间，竭尽所能，不辞辛劳，给远在大山中的传教分站运送补给品。此时，给予他帮助的商人魏路请求神父帮他捎带一些神秘的箱子。魏路究竟是敌是友？神父赫尔穆特在执行任务时会遇到哪些威胁？他在上海的传教之路最终又会走向何方？

弗里德·略夫（Friedel Loeff）的侦探小说《上海恶魔》讲述了一个迷雾重重的案件：英国伦敦的一家诊所内，一名染上怪病的年轻人不治身亡，由此牵涉出另外三起死亡症状极其类似的病例，死者生前均在中国居留些许时日。极具侦探天赋的外交官约翰·罗伊前往上海调查此案。四名死者在上海居留时均出没于一名中国医生的社交宴会和舞会。罗伊以此为线索，一步步抽丝剥茧，最终将狡猾的犯人绳之以法。

罗伯特·雅克斯（Norbert Jacques）的《上海商人》讲述了一出惊险曲折的三角恋，既有东方神秘色彩的马来西亚魔法——血咒，又有中国玄学的意念操控，还有一系列谋杀中国人的案发现场，身心疲惫的男主角奈伊深陷爱情泥潭，又面临谋杀指控，最终洗脱罪名，在恐惧中与心上人逃离魔都上海。

君特·艾尔弗雷德·海因内克（Günter Erfried Heinecke）的侦探小说《上海来客》讲述了一起有关珠宝遗产的连环杀人案。诡异的事情接二连三地发生，几位合法继承人相继离奇横死。作为遗产托管人的律师协助警方查案，接连发现的证据指向两位来自上海的客人。这两位可疑的上海来客身上究竟隐藏着怎样的秘密？杀人凶手能否被绳之以法？连环谋杀案又与那座神秘的东方都市有着怎样的联系？

阿弗雷德·施洛考尔（Alfred Schirokauer）的《上海枪声》讲述了在闭塞的修道院内长大的德国女孩伊莎·霍费尔来上海投亲不成，举目无亲的她遇人不淑，不谙世事的德国少女与沉沦堕落的俄国瘾君子在繁华乱世的"东方巴黎"上演了一段荒诞而又离奇的际遇。东方与西方、闭塞与开放、落后与进步、善良与邪恶、文明与杀戮在上海错位交织……

恩斯特·阿道夫·比尔克豪泽（Ernst Adolf Birkhäuser）的《上海女孩》是一部带有浓厚东方元素的爱情悲喜剧。爱情围绕着眼睛的失明、复明，以及通过手术消除恋人之间种族和血统的差异展开。来自上海富商家庭的女主人公经历人生劫难，对自己的民族以及身份又会产生何种新的认识？跨越种族的爱情能否最终开花结果？

威廉·野原驹吉（Wilhelm Komakichi Nohara）的《埃尔文在上海——一则来自中国动荡年代的故事》以一对德国父子的视角描述他们在上海的所见所闻以及他们救助上海百姓免遭日军战火之苦的艰难历程。书中对于中国传统建筑、文化艺术的描述生动有趣，以德国人的独特视角还原了风韵犹存的老上海风貌。

乔·雷德勒（Joe Lederer）的儿童文学作品《阿凡在中国》围绕瑞士少年阿凡与中国少年阿程之间的友谊展开，他们从最初的互相看不顺眼，到后来成为朋友，再到后来一起经历劫匪事件，两个人相互陪伴、共同成长，纯真的友情不分国界。小说故事发生在二十世纪三十年代的上海，充满浓浓温情，有亲情、有友情、更有人间真情，是一部刻有浓厚老上海印记的德语儿童文学作品。

乌尔苏拉·梅尔彻斯（Ursula Melchers）的小说《蕾娜特和比尔在上海》以第一人称讲述了德国小女孩蕾娜特在上海的成长经历，及其与英国少年比尔的真挚情谊。两位小伙伴为寻找一份遗失的重要文件，在上海滩冒险游历，见识了上海的民生百态。上海沦陷后，比尔历尽艰难险阻，逃离日本人的魔

爪,逃亡前夜,他与蕾娜特约定和平时期再见。战争结束后,蕾娜特一家被引渡回德国,离开了被她视如故乡的上海。多年后,她突然收到一封中国老熟人的信,这封信里究竟写了些什么?蕾娜特为何激动不已,动身前往东方……

汉斯·海因茨·辛茨曼(Hans-Heinz Hinzelmann)的自传体小说《哦,中国:古老道路上的国度——由西向东生命之旅的真实发现》,用富有表现力的语言形象地再现了一个流亡至上海的犹太难民的命运。读者透过作者的第一人称视角,体味犹太难民生活的艰辛,感受主人公最初遭遇文化冲击时的不安和惶恐,并领悟他逐渐理解并接受异乡文化的过程。通过辛茨曼的叙述,中国读者们或许可以从别样的视角加深对本国文化的了解,并对二十世纪三四十年代的上海都市风情略窥一斑。

弗兰西斯卡·陶西格(Franziska Tausig)的自传《上海船票》以细腻质朴、略带幽默的语言真实地描绘了身为犹太难民的女主人公跌宕起伏的一生,塑造了一位勤劳乐观、坚强勇敢的独立女性形象。自传中不仅生动地刻画了众多犹太流亡难民的人物形象,还讲述了各国人民在上海的生存故事,勾勒出一幅千姿百态、繁冗复杂的上海多元文化景观。值得一提的是,德国当代女作家乌尔苏拉·克莱希尔(Ursula Krechel)的著名长篇小说《上海,远在何方?》中的女主人公便是以弗兰西斯卡·陶西格为人物原型创作的。

此外,鉴于"犹太难民在上海"的文学文本相对匮乏,我们编选翻译了《上海犹太流亡报刊文选》,所涉报刊主要收藏于德意志国家图书馆和美国犹太研究机构,国内现有可用馆藏极少。二战时期,犹太流亡难民在上海创办了五十余种报刊,我们从其中五份主要德语报刊中臻选出"以上海为叙事主题"的小说、杂文、诗歌等文学作品共一百四十余篇,犹太文化与海派文化历史性交汇与碰撞,呈现出犹太难民感受上海、认识中国、反思自我的心路历程,身处上海的犹太难民之境况悉汇于此。

阅读这些德语上海小说,"上海性"被重新"发现"。外滩大楼、上海大厦、国际饭店、摇着小铃铛的有轨电车、老年爵士乐、百乐门舞厅、咖啡店、石库门、新式里弄、南京路、上海青楼、黑帮大亨、风月明星、阿飞艳史……"魔都"上海作为现代性、国际化大都市的繁华魅影和"上海味道"一览无余,异国文学中的上海文本,以"他者"视角揭示上海作为城市文化载体的多维立面与意义,从而在跨文化的城市叙事之中观照作为中国现代性滥觞的上海文化在"他者"眼中的想象与构建,进而在对异文化与自我文化的镜像式双向审视之中重新探讨、界定上海之于中国现代性的历史及文化意义。

德语"上海小说"无疑是研究不同时期上海乃至中国历史文化的重要文献,对此进行研究将对深化和丰富中国文化的自我认知模式大有裨益。本德语上海小说系列大多创作于二十世纪三四十年代,且均为通俗小说和畅销书。这些通俗小说文本在其对日常生活与细节的描述之中成为见证现代上海的重要文献,具有重要的史料价值和学术价值,并将极大丰富和推动德语文学乃至西方文学中的上海形象研究。与此同时,透过文本"夸饰"与"误读"上海形象背后的文化动力路径,有助于中国学者探究这一时期德国的精神文化与民族心理。由此,对现代德语"上海小说"的阅读研究无疑将促进中德文化交流与理

解,具有重要的现实意义。

此外,在德语上海小说系列翻译的基础上,我们撰写了研究论著《德语文学中的上海形象》,对近四十部作品进行详尽解读,一是便于读者对德语上海小说有更加深刻的赏析和理解,二是推进挖掘德语上海小说的学术价值,为今后出版《德语上海小说研究文库》奠定基础。

"德语上海小说翻译与研究系列"作为(教育部备案)上海外国语大学中德人文交流研究中心的系列成果推出,值此出版之际,我要特别感谢上海外国语大学党委书记姜锋教授、科研处处长王有勇教授、德语系系主任兼中德人文交流研究中心主任陈壮鹰教授、德语系党总支书记谢建文教授的亲切关怀和鼎力支持。诚挚感谢我的导师卫茂平教授,铭记先生教诲,未敢丝毫懈怠。感谢德国弗莱堡大学Achim Aurnhammer教授,柏林自由大学Anne Fleig教授、Almut Hille教授,海德堡大学Gertrud Maria Rösch教授的学术交流与合作;感谢德意志学术交流中心(DAAD)外教Gabriele Otto博士、Maike Lechner女士,奥地利学术交流中心(ÖAAD)外教Andrea Plank女士的语言帮助。感谢国家"万人计划"青年拔尖人才项目、上海市"曙光计划"项目、上海市"浦江人才"项目对相关学术研究的资助。衷心感谢世界知识出版社章少红总编辑的鼎力支持和贾如梅编辑为审稿所付出的辛勤劳动。还要感谢参与丛书翻译和校对的每一位团队成员,她们虽然水平有异,但专注、认真、负责的态度,都值得称赞。因小说原作多为二十世纪上半叶的德语旧文,翻译过程中,颇费踌躇的困难不少,如方言俗语、生僻旧字、花体印刷等，虽然我们尽心耗时，细致推敲，勉力而为，但粗疏错漏想必难免，敬请读者批评指正，见谅海涵。

2018年7月于海德堡

译 序

英国伦敦的一家诊所内,一名染上怪病的年轻人不治身亡,由此牵涉出另外三起死亡症状极其类似的病例,遂引起苏格兰警局格兰督察的密切关注。由于在此后的调查中发现,四名离奇死亡的死者病故之前均在上海居留过一段时间,且四人在上海的社交圈多有重合,苏格兰警局刑事部便决定派曾在中国任职多年且极具侦探天赋的外交官罗伊前往上海查清四人死因。委任当晚,罗伊在家中遭袭,袭击者不知为何人。一名死者乔治·莫里斯生前的律师米尔斯先生致电苏格兰警局,称将于次日告知与莫里斯之死相关的一些信息,却在第二日被人扼死在公司的档案室中。警方线索就此中断,罗伊遂携仆人詹姆斯与米尔斯律师的得力助手帕特森一道前往上海,探寻真相。罗伊一行人来到上海,发现死去的四名年轻人生前均频繁出入以中国医生李英及其女儿为中心的租界社交圈,于是顺藤摸瓜、抽丝剥茧,终于识破真相,抓获了狡猾的凶手。小说叙事基本遵循侦探小说"提出问题、搜集线索、了解真相、验证结局"[①]的基本结构,具体情节与真相留待读者去发现与探查。

[①] 参见袁洪庚:《欧美侦探小说之叙事研究述评》,载《外语教学与研究》2001年第3期,第224页。

小说以《上海恶魔》为题,暗示着上海这座城市的罪恶与堕落。租界上流社会交际圈与中国城构成小说文本上海的两种基本空间。小说中的租界上流社会虽然以中国医生李英及其女儿德泰为中心,但本质上却是一个十足的西方上流社会。李英与德泰终日宴请宾客、开办舞会、寻欢作乐。以他们为中心的上海租界是一个奢侈迷醉、声色犬马、精神空虚的世界,既充满着西方物质享乐的诱惑,又散发着瑰奇神秘的东方魅力。李英虽然相貌丑陋,但当他操起"他那口纯正的英语时,那双眯缝眼里泛出许多生气和智慧来,他那修长秀气的双手和整个身躯也沉浸在一种和谐优美的静谧之中"。德泰更是个"美貌超尘绝世,才智也同样不凡"的奇女子,说一口流利的英语和法语,穿巴黎时装,将众多欧洲青年男子迷得神魂颠倒。李英家如宫殿般的宅邸"比他(英国侦探罗伊)所见过的所有豪宅都要豪华富丽";而他们的社交晚宴上则"聚集了各个国家如此多的白人,就差外交官没有来了";"富有的外国人在设宴和开办小型舞会上攀比奢华,但却没有人狂妄到想要超越李英家中举行的盛大舞会",因为"那里的舞会如童话般极尽奢华"。上流社会花天酒地、纸醉金迷的享乐生活看似一成不变,却暗藏玄机。四名原本年轻健壮的伦敦年轻人在纸醉金迷的上海租界经历了什么?为何会染上同样的怪病?这种怪异的不治之症又缘何而起?为何养尊处优的银行家太太要前往中国城?银行家太太与离奇暴毙的四个英国年轻人有何关系?穷奢极欲的租界上流社会与贫穷混乱的中国城又有何联系?

中国城是租界外的城市空间,是"另一个上海"。侦探罗伊探案的脚步穿梭在陌生的中国城内,错杂如迷宫的街巷、到

处可见的商铺招牌旗、简陋的歇脚旅店与露天饭馆、穷困潦倒的乞丐与乞讨的孩童、说着洋泾浜英语的苦力车夫,一一展现在读者眼前,生动形象地勾勒出一幅截然不同于租界的中国市井图。为掩人耳目,侦探大多在深夜里探访中国城。黑夜掩映之下阴森可怖的上海街巷、暗道与房间,还有暗处伺机袭击的凶手,使得探案过程惊险刺激、一波三折。小说悬念迭起,谜团丛生,在情节的跌宕起伏中勾勒出上海这座东方大都市截然不同的两种面貌。

德国女作家弗里德·略夫(Friedel Loeff)的侦探小说《上海恶魔》(Der Teufel von Shanghai)1938年由莱比锡的弗里德里希·罗特巴特出版社(Friedrich Rothbart Verlag)出版。关于弗里德·略夫生平事迹的文献极少,译者经多方搜索,得知略夫生于1906年。小说的出版商罗特巴特出版社1909年被朗格&默歇出版社(Verlagshaus Lange & Meuche)收购,成为其旗下的一家子出版社。但是自二战以来,朗格&默歇出版社便不复存在。

小说主要人物（按出场顺序）：

米丽娅姆·特里
乔治·莫里斯，米丽娅姆·特里的未婚夫
麦克罗宾森教授，伦敦一家诊所的医生
特里先生，米丽娅姆·特里的父亲
布朗博士，麦克罗宾森医生的同事
格兰，苏格兰警局督察
阿德尔，格兰督察的同事
威尔斯，神秘死亡者之一
雷金纳德·伍德，神秘死亡者之一
约翰·罗伊，来自英国外交部
曼上校，苏格兰警局刑事部部长
詹姆斯，约翰·罗伊的仆人
罗伯特·龙，神秘死亡者之一
H. G. 米尔斯，乔治·莫里斯的律师
亨利·帕特森，H. G. 米尔斯的会计
李英，中国医生
德泰，李英的女儿
杜兰德，法国商人
奥尔加·杜兰德，杜兰德的妻子
贝尔格教授，青岛德国医院的医生
冯，杜兰德的司机
王侯，典当商
索罗索夫，神秘人物

目 录

死因不明 1
这是警察的事 7
外交部的约翰·罗伊 13
夜　袭 19
谜团迭起 29
曼上校感到不安 45
上　海 49
杜兰德太太举止怪异 56
苏格兰警局的工作 66
发生在青岛的一桩离奇盗窃案 74
可怕的武器 79
"极乐金门" 83
一起无人关心的谋杀案 101
六十个烟盒 110
下一个受害者 121
谁是索罗索夫？ 128
虚张声势 153
一个词 169

死因不明

一辆银灰色的小轿车猛然停在了麦克罗宾森教授的私人诊所前。一位年轻女士从车上下来后,在锁上车门前又钻回车里,拿了一束彩色的玫瑰花后又钻了出来。

这座干净的浅灰色房子坐落在一座小花园中。潮湿阴冷的雨天里,这座花园滴滴答答、湿漉漉的。米丽娅姆·特里快速走上一道石子路的缓坡,停在大门前犹豫了片刻后才迟疑地按下了门铃。里面悄然无声,但一定有人听见了,因为一个穿护士服的女人立刻给她开了门。那女人用探询的目光打量着这位拿着花束的女士。

"劳驾,有人在等我。我是米丽娅姆·特里,来看莫里斯先生。"

护士的神色变得凝重起来,沉默地领她到大厅内,请她坐下。

米丽娅姆将手中的花放下,摘下头上的便帽,一边用双手整理蜷曲的金色短发,一边用她那双蓝色的眼睛注视着走上楼梯的女护士。

她将花束上的薄纸撕下,整整齐齐叠好,而就在此时,一位中等身材的先生悄然向她走来。他身形瘦削,戴着一副眼

镜,镜片后是一双睿智深邃的眼睛,说起话来声音轻柔,令人心安:

"您是特里小姐?"

"是的。"

"我是麦克罗宾森。"

米丽娅姆把手伸给他。

"您是已——不,您是乔治·莫里斯的未婚妻,对吗?"

"正是,"她左侧脸颊微微显出笑涡来,米丽娅姆微笑道:"来探望的人都要接受您的盘问后才能踏入那些神圣的房间吗?"她指了指向上的楼梯。

麦克罗宾森摘下眼镜,揉了揉眼睛,"我们坐下来吧。"

米丽娅姆顺从地在那红色丝绸沙发上坐下来,眼神中流露出不安来,双手不停摆弄着手提包。

"您有多久没见过您的未婚夫了?"

"大约有两年了。我那时候21岁。要是照我的意思来,那时候我就跟他结婚,一起去中国了。我觉得中国很有趣,尤其是上海。但是乔治不让我去,他说,中国不适合白人女人。"她耸耸肩,又笑了。"要我说,也不适合白人男人,要不然怎么每个从中国回来的男人都会带回来点儿健康问题呢。——乔治怎么了?"

教授没有回答她的问题,他依旧用凝重的目光看着女孩青春洋溢的脸庞。

"您是多么年轻美好啊!您眼前还有大好的人生!您可千万别去中国!"

"您去过那儿?"

"是的。"他垂下目光,有些心虚地拿起眼镜。

米丽娅姆不安起来。

"为什么我不能去看乔治?"她问道。"他刚刚接受了检查么?或者说,现在还不能去看他?如果是这样的话,我应该是个例外,不是吗?您想想,我这么久没见他了!我现在真的很想……"

她沉默了,因为麦克罗宾森紧紧握住了她的双手。

"特里小姐——这对我来说太难了。哎,我的职业要是不必经历这样的时刻该多好啊!要是我能将来到这里的病人都健康地送回这个世界,该多好啊!"

"乔治他——没办法救治了吗?您告诉我呀!"

麦克罗宾森沉默了。米丽娅姆眯起她那双大眼睛,将手抽了出来,紧紧抓住沙发扶手。"他不会已经——死了吧?"这句话轻若游丝,当教授仍然不说话时,她无力瘫软下来。

"不,得叫父亲过来!"她哭了,没有叫喊,但当她将一张卡片递给医生时,她的手在颤抖。

他亲自来到门边的电话机前。他一直注视着她,不让她脱离自己的视线。她闭上了双眼。

她多美啊!麦克罗宾森想道,而且那么年轻!她会挺过这次打击的,尽管她同死者已经订婚两年,也从未设想事情的结局不会是她所梦想的那样。

"我是麦克罗宾森。您的女儿要您——"

米丽娅姆跳了起来,从他手中夺过电话。

"爸爸!乔治已经……"她哽咽了。她仔细听了父亲的话,然后挂上了话筒。"父亲马上就来。因为我现在不想自己

开车。"她无助地说道，令人怜惜。她沉默地坐回原来的位置，直到门铃轻轻地嗡嗡响起时，脸上才恢复了生机。

教授不需要对特里先生做太多的解释，他似乎已经猜到了一切。他低声对教授说，他将米丽娅姆送回家后会马上回到诊所。

*

"好了，"特里先生说着，真诚地将手伸给教授，"我已经照顾女儿睡下了。米丽娅姆不是那种哭哭啼啼的小女孩，她会好起来的。可怜她在这种艰难的时候没有母亲陪伴。我妻子九年前就过世了。——我能看一眼死者吗？"

"当然，请您跟我来。"

特里先生端详着死者，那张沉静的脸庞在静默中显得尤为年轻。他叹息一声。

"教授先生，您要是认识他的话，就会知道，他是一个多么朝气蓬勃的小伙子啊！他爱好运动，心思单纯，正是我想为女儿找的那种男人。我女儿想得太多，常常沉浸在自己的世界里。倒不是说她怕与人交际，但她很难与人亲近，您明白吗？所以，这样一个活力四射的人正好与她互补。——哎，他可怜的父母会说些什么啊！"

"他们自然已经来过这儿了，"麦克罗宾森轻声说道，"很绝望，这是他们唯一的孩子。"

特里注视着教授。

"死因是什么？"

麦克罗宾森将身体朝向门的方向，特里跟着他走回大厅里。

"怪就怪在这里！我不知道死因！真是让人绝望！——像是癌症，又不是，在肝和脾的部位发生了组织变异。真是太奇怪了。在我弄清楚他的死因之前，内心是无法平静的。尤其是……我还是不说了，现在猜测为时尚早。死者送进来的时候十分病弱，就在您女儿来之前的几个小时里去世了。"

"不过，教授先生，不能确定死因的情况也有很多。不管怎样，您已经没办法再救治可怜的乔治了，他来得太晚了。他在中国肯定看过医生吧？"

"是的。而且是一位颇有名望的医生。他给我寄了一份报告，在报告里说这对他也是个谜团。"

特里感到诧异，为何教授如此激动。即使以后弄清楚他的死因，乔治的死也是个无法改变的悲伤事实。他告别教授，立刻回到家中安慰米丽娅姆。

他无法理解，当一个医生的智慧穷尽时，是多么痛苦。麦克罗宾森想着，走进了自己的房间。

他干练的同事布朗博士已经在房间里等着他了，此时正坐在一张铺满医学杂志的小桌子边上，就是上司走了进来，也几乎没抬起头来。

"您在找什么吗？"教授惊讶地问道。

"是的。稍等片刻，马上就来。"

布朗跑出房间，抱了一摞厚厚的杂志后又回到房间里。

"您还记得吗，教授先生，大约两年以前我们也有过一个类似的病例？"

"您是说跟莫里斯的一样？"

"是的。艾伦护士已经在查看我们病人的病历了。还有，我记得在哪篇文章中也读到过一个类似的病例。"他若有所思地看着那些杂志。"可是记忆太模糊了，那也可能是报纸上的报道。是个有名的公众人物，他的死在当时引起了不小的轰动，所以我还记得。"

"我们可没办法将这一堆近几年的医学文献都翻一遍。"麦克罗宾森说道，善意地笑了笑。"有这个必要吗？那时候没人能弄清这种恶性疾病的缘由，现在我们也不比那时候聪明。不过我倒是想到了大概两年前我们诊所的一个病例。我那时研究了很久，也没得出结果。这一次也一样，一个健壮的年轻人重病而死，真是太——！"

一阵敲门声打断了他。艾伦护士走了进来，递给他要找的病历。麦克罗宾森阅读了上面简短的记录后找来了详细记录病情发展的册子。他轻声惊叫起来："布朗！太奇怪了！您知道那个病人是从哪里回来的吗？"

"也是从中国回来的？"布朗低声问道。

"是的，就是从中国回来的！"

这是警察的事

这天晚上,他们一起做出了一些猜测,又推翻了病历。关于记忆中的第三个类似病例,布朗找不到其他任何信息,感到十分失望。他突然抬起头来,语气坚定地说道:

"我不认为我们能搞清楚这件事情。这是警察的事。"

"警察?您认为这是一桩——"

"犯罪案或者——是的,要不然是什么呢?您要是不反对的话,我明早就去警局。"

麦克罗宾森有些犹豫地摆弄着手上的黄色病历卡,然后缓慢地说道:"也许这是对的。"

"不会错的!"

"不过也有可能,我们会遭到嘲笑。警察官员冷静的判断力——"

布朗插进话来,"判断力!有些事情不用多想。我觉得,这件事情肯定有蹊跷,我就是想让警察调查一下谁是第三个病例中的病人,他是否也是去过中国之后回来去世的。"

"警察怎么能查出这个人呢?"麦克罗宾森问道。

布朗耸了耸肩,"这是他们的事情了。我这样就算尽到我的义务了。"

"好的,我不反对。"

教授伸出手来道别之后,在写字台边度过了下半夜,直到疲倦了才放弃寻找第三个病例。

*

格兰督察坐在他的办公室里,伏案研究一份行车时刻表,以便能经济实惠地安排假期中的乘车路线。当他在脑海中幻想着自己漫步在海边,倾听着海浪声,而不是电话铃声和警哨声时,他的同事阿德尔走了进来,并关上了身后的门。

"刚才有人来找我,一个名叫布朗的博士,给我讲述了一个关于中国的可怕故事。我不知道该做些什么。两名男子在中国得病后回到英国,死于一种未知的疾病。您觉得这很可疑吗?"阿德尔看上去忧心忡忡,但格兰却笑着合上了那本列车时刻表。

"好吧,把他带到这儿来。我就知道,当您看到中国人,或者只是听人提到他们,就会眼放红光的。"

"谁说不是呢!除了麻烦就——"他立马消失不见了,他后半句话说了什么已经听不清了。

格兰以为会见到一个与世隔绝的学者,但令他"失望"的是,布朗冷静客观、三言两语就道出了事件的核心。

"在我向您详细讲述这件事情之前,我想知道,您是否能查出是谁在数月之前死于一种可能在中国染上的怪病。"

格兰思索了片刻。

"这并不困难。如果这个人的死足够轰动的话,通过媒体发布一个公告就能够做到。死者的家属肯定会前来说明情况的。"

"没错！我一点儿都没想到这个办法呢。"布朗喊道，继而简短清晰地讲述了前一天晚上在麦克罗宾森的诊所内发生的一切。

当格兰开始做笔记时，阿德尔重重地叹了口气。毫无疑问，他的朋友觉得此事很可疑，接下来就要开始追查了。他的目光落在了那本列车时刻表上，又重新燃起了希望。格兰会去休假，会有其他人来处理莫里斯的案件。

布朗结束了他简短的报告，充满期待地看着格兰。

"您明天早上就会在报纸上看到这则公告，"督察说道，"之后我们再做打算。如果有人前来说明情况的话，您当然马上就会得到消息。"

当布朗离开这个房间时，阿德尔沉默地指了指那本列车时刻表。

格兰叹了口气，说道："我们先看事情怎么发展吧。"

"您——我们可以放弃这个案件。您的假期已经推迟过一次了！"

"但我对这种神秘的中国疾病十分感兴趣，如果发布的公告成功的话，我就——"

"您就什么？"

"我就再推迟一次假期。"

阿德尔甩了甩双手，离开了。

*

第二日下午，一位尊贵年长的女士来到格兰的办公室，当

她从手提袋中拿出一张报纸,平整地铺在膝盖上时,督察一把拿起那本列车时刻表,塞进了一个抽屉里。这一举动具有象征意义,意思是:再见了,假期!每一个想法目前都暂时服务于工作。

"我来对地方了吗?"女士问道。"这个部门是——"

"是的。您可以告诉我们那个跟莫里斯相同死因的病人是谁吗?"

"是我儿子,"她轻声说道,"我丈夫后来也过世了,但他至死也无法对儿子的死感到释怀。他这么年轻,怎么会得癌症呢?"

"他也是在中国得病后回来的?"格兰问道。

"是的。"

"他也是在麦克罗宾森教授的诊所里过世的吗?"

她诧异地看着他。"不是,他不是在那家诊所里,而是在家里离世的。您为什么这么问呢,督察先生?"

"麦克罗宾森教授治疗过莫里斯,是他告诉我们他在大约两年前也有一位病人,同样死得不明所以。因此我们才对此产生怀疑的。"

"两年前?"她重复道,"我的儿子过世已经三年多了,督察先生!这么说来,已经有三个类似的病例了!"格兰直勾勾地盯着桌面。

"您儿子为什么去中国?"他问道。

"我丈夫是著名进出口公司威尔斯父子公司的所有人;我儿子本来是要接管公司的,因而在此之前应当先见识一下世面。他不仅在中国待过,也去过印度和澳大利亚。"

"但是最后待在中国？"

"是的，差不多待了有一年的时间。"

"他住在哪里？在内陆地区还是在沿海城市？"

"大部分时间住在上海。"

"乔治·莫里斯也是。"格兰若有所思地说道，"您知道您儿子同哪些人、哪些家庭来往吗？我们也许可以从中发现点什么。"

"我现在还留着所有他的来信，我会去找出那些人的名字来的。要我将名单寄给您吗？"

"夫人，您无须劳心，我会派人去取的。"

威尔斯夫人起身离开了房间，而那张报纸还留在写字台上。——第三个病例也会弄清楚吗？那个两年前在诊所里过世的人，他有亲属在英国吗？

阿德尔走进屋来，打断了他的思路。

"布朗博士刚才来了，"他说道，"他等不到您有空，就把这张纸条交给我了。"阿德尔将一张细长的纸片放到格兰面前。"他这段时间没做其他事情，都在翻阅杂志，终于让他在一篇详细的文章中找到了他记忆中的那个病例。"

"他带来了吗？"

"带来了。文章发表在一份医学杂志上，但是他没留下来，也许是不信任我们。"

"这个——"格兰读出字条上的名字，"雷金纳德·伍德爵士没在麦克罗宾森那儿接受过治疗？"

"没有。伍德曾经在外交部工作，是驻上海的使节。为什么他会在麦克罗宾森的手下过世呢？您不会是认为——"

"不,"格兰打断他的话,"那位来过这里的老妇人,她的儿子也没接受过教授的治疗。这一开始让我感到很奇怪,因为最初发现的两个死亡病例都是在他的诊所里发生的。"

"但是他要是不清白的话,就不会自己上门告知我们吧!"阿德尔叫道。

格兰耸了耸肩。

"嗯,我们可以排除他的嫌疑。从死者家属那里我们一定能得到一些线索的——那些在上海时同死者往来的人或者其他信息。运气好的话,也许我们能发现在四起病例中都出现过的一个名字。"

"远在上海的那个家伙,那个恶魔,还不知道我们在这里已经给他布下了天罗地网。"阿德尔满意地说道。

"您真是一个天才!"格兰笑道。

"为什么这么说?"阿德尔狐疑地问道。

"因为您已经知道凶手是个男人,而且是个中国人。"

阿德尔立马将纸条从桌上拿起来。

"我现在就去伍德家。"他岔开话题。

"好的。威尔斯太太已经知道了,会去找出那些人的名字。乔治·莫里斯在上海出入哪些地方,也许特里小姐知道得最清楚,我去拜访她。"格兰从文件中找出那个黄色的病历带在身上。"这是麦克罗宾森两年前治疗过的病人,这个也交给我。"

他取来自己的帽子,两人一道离开了办公室。

外交部的约翰·罗伊

苏格兰警局的刑事部部长曼上校最喜欢的一句话是:"人们总是说得太多,做得太少!"传言说,他在什么地方、什么场合都能用上这句话。当格兰向他汇报这种未知疾病夺走了四个前程大好的英格兰年轻人性命时,已经做好了对付他的准备,他的报告如下:

"乔治·莫里斯从中国归来时已经得病,五天后在麦克罗宾森教授的诊所内去世。两年以前,麦克罗宾森处理过一起类似的死亡病例。那时的年轻死者叫罗伯特·龙,也是在中国得病的。死于相同症状的还有因公驻留上海的雷金纳德·伍德爵士和一个叫威尔斯的年轻出口商人。"

格兰每说一句话就停顿一下,间隔的时间短暂,不够曼上校说出他那句臭名昭著的至理名言,却也足够格兰确认他的上司是否明白自己对他说的话。督察将麦克罗宾森所写的罗伯特·龙和乔治·莫里斯的诊断报告,还有收录了关于雷金纳德·伍德爵士那篇文章的医学杂志摆到桌上。

"上校,这是关于这种疾病的详细描述,这里是我让死者家属列出的四份名单。您看——"格兰的食指划过那几份名单,"这里的所有人都居住在上海。那些年轻人住在上海的时

候曾同他们往来。"督察指了指几个圈出来的名字,"这些名字在四份名单里都出现了。如果要调查这起神秘案件,就应该从这些人着手。"

格兰讲完了。部长叹了口气,往椅子后部靠了靠,竟然没说出那句令人害怕的"说太多、做太少"的话。

"您看,上校,我们在这里已经做了一切能做的事情了。我们认为,现在应该派一个可靠的人去上海调查线索。"

"干得好!干得好!"他低声咕哝着表示赞赏。"您是想亲自去——?"

"不,上校,"格兰回答道,"我从没去过中国,我认为应该派一个熟悉这座城市及其社交圈的人去,一个不会引人怀疑、没有人会想到他是来调查案件的人。"

"嗯!"部长摸了摸额头,"我倒是知道有那么一个人。等等!"

他拿起电话,接通了外交部的线路。

"当然不在那里!"他抱怨道,朝着电话喊起来,"那就请您把约翰·罗伊私人住宅的地址给我。"

曼又转过身来面对着督察。"是个年轻人。非常能干!在中国待过很长时间,上海的那些人都认识,办过十分复杂的案件,就让他来办这件事。"

格兰从接下来的这通电话中看出,约翰·罗伊和曼上校两人必定是老熟人,要不然那年轻人也不可能从曼的断句中听出个所以然来。

"格兰督察会寄给您!"上校朝着话筒吼道,"他是我们最出色的人之一!虽然说起话来不太利索。"

格兰将手帕拦到嘴前,以防自己笑得太过大声。他剧烈地清了清嗓子,当曼上校沉默地同他握了握手后让他离去时,还显得十分开心。

督察来到电话中心,让人拿来了罗伊的地址。

"这人是情报部门的重要人物,"一位同事解释道,"曼的宠儿。所以大概也很自负吧。"他特地轻扣了几下额头,"但是部长很有头脑,这点我们必须承认。——怎样?"他笑道,"那句绝妙的格言怎么说来着?"

格兰耸耸肩,"不知道!没听他说起!"

格兰微微一笑。他很尊敬曼上校,就像他喜欢所有一切性格独特、与众不同的人一样。督察很期待见到约翰·罗伊。他尝试着勾勒出他的形象,他一定高大修长、十分健美,总之是那种在哪儿都能引起关注的人。——格兰的猜测还没差得那么离谱过,因为要说什么人能够悄无声息地隐没在人群中的话,那就是约翰·罗伊了。

*

罗伊的住所在肯辛顿公园附近。一个年轻的仆人接待了督察,这位仆人倒是符合他勾勒出的房子主人的形象。那仆人领着格兰进了一个房间。这房间装饰着皮质墙纸,挂满了壁毯,尽是软垫家具和各种颜色的靠垫,说它是一位女士的房间也不为过。两个低矮的橡木柜子靠墙立着,里面塞满了书报和杂志。房内的空气里有一种芳香的气味,还有一种烟味。

格兰还没从惊讶中反应过来,就看到一只瘦长的手掀开了

厚重的锦缎门帘,随后走进来一位先生。督察不太确定地看着他。——这人细长脑袋,高额头,头发柔软,呈金灰色;鼻子匀称笔挺,嘴型狭长,蓝色的眼睛炯炯有神,长长的睫毛十分引人注目。他中等身材,看上去十分纤瘦。——这就是约翰·罗伊?格兰感到十分惊讶。就两人个头的巨大差异来说,他还真的能做曼上校的"宠儿"呢。

"您是警局的格兰上校,不是吗?"这声音低沉动听。

"是的。"

"您不想坐下来吗?"

格兰于是在一张低陷的沙发椅内坐了下来。他更愿意坐在凳子上,他觉得自己坐在软垫家具中显得有些不知所措。

"部长跟您通过话了。您已经了解情况了吧,罗伊先生?"

"完全不了解!"他笑了起来,露出了洁白的牙齿,"上校今天好像很健谈。我很期待从您这儿获悉到底发生了何事。有几个人得病去世了,不是吗?为什么这令您那么激动呢?"

格兰叹了口气,又简短地将事情复述了一遍。

约翰·罗伊认真倾听着,一次也没有打断格兰的叙述。他的脸上颇具有男子气概,督察觉得这种全神贯注的神情特别有魅力。

格兰讲完时,罗伊站起来,无声地在房间里迈着大步踱来踱去。

"嗯,"他嘀咕道,"我和威尔斯以及罗伯特有过一面之缘。乔治·莫里斯和我一起在牛津念过书,后来又加入了同一个俱乐部,雷金纳德·伍德爵士也属于这个俱乐部。"

"既然这样,您对这件事情的兴趣应该是加倍浓厚了。"格兰说道。

罗伊走到他面前站定，凝视着他。如果有人站在面前自己却一动不动，像个雕像似的坐在沙发里会让格兰感到不自在，所以他也站了起来，在房间里踱起步来。

"是的，这是肯定的。如果我们要调查的神秘死亡案件的死者是相识之人的话，自然会有些不同。不过……呃，您知道吗，如果不是乔治·莫里斯之前还有三个人死亡的情形也相同的话，我是不会插手此事的。"

格兰盯着罗伊瞪大了的眼睛，禁不住笑了起来。

"这听起来可没什么人情味。"

"也许吧。但是乔治·莫里斯是那么轻率，在某些关系中又是那么意志薄弱，要不是他到处都有叔叔舅舅、堂表兄弟和其他有影响力的亲戚罩着的话，他早就不在人世了。他放任自流，太容易受到外界的影响，——包括那些不好的影响。"

"但是，这个年轻人应该也不是一无是处，如果他同米丽娅姆这样的姑娘订了婚的话。"

"特里小姐？啊！"罗伊做了一个轻蔑的手势，"她真美！看起来就像个天使，她那留着金色卷发的脑袋里肯定没有什么了不得的想法。"

"您错了，"格兰激动地反驳道，"我认识特里小姐，您可以相信我，我可不会被一个人的外表所迷惑。"

"是嘛！如果是这样的话，那特里小姐肯定是一个危险的女人。看起来像一个漂亮的傻瓜，实际上却比别人想象得要聪明？要不然您还想说什么呢？"

"大致如此吧。"

"我还没跟特里小姐交谈过,只通过照片认得她。她的照片让人没法忽视,总是出现在那些专门面向所谓的上层社会的杂志里。——也好,在我去中国之前,会同她取得联系的。"

"您接受这个任务了?"格兰问道。

"是的。我很感兴趣。再说了,我为什么不在上海度过我的假期呢?"

"我很高兴!您可以相信我们,罗伊先生,我们会给您提供一切帮助的。"

他想要告辞,但罗伊却牢牢抓住了他的手臂。

"您为什么这么快就要走呢?至少也看看我收集到的犯罪文学再走。这是我的癖好——我向来低调,但事实上,我办过的许多棘手案子,社会上或许并不知道。"

格兰抽出了几册书,放到桌上。

"如果是您想看的话,我愿意破例借给您。一个刑侦督察肯定会把书还给我的,不是吗?"

"很荣幸能得到您的信任!"格兰笑道。

"尽管我比您年纪要轻些,但我还是要放肆地告诉您,我很喜欢您,督察先生。"

"现在做判断是不是为时尚早啊?"

"第一印象在我这儿十分重要,如果我判断错了,那我自然就犯了一个大错——因为我始终相信我的第一判断,除非有性命之忧,否则是不会改变想法的。但是到目前为止,还只有少数人让我失望过,您肯定不属于这些人之列吧。"

格兰又待了一个小时,然后愉快地离开了罗伊的房间,确信自己认识了一个有价值、有魅力的人。

夜　袭

英国是个多雨的国家，如果英国人也像其他国家的人一样认为带伞是没有男子气概的表现的话，那么英国男人在一年中的大部分时间里就只能穿着湿漉漉的衣服四处奔走了。但是英国男人并不反对带伞，他们穿着优雅的赛马服参加德比大赛（指英国一种赛马比赛）的时候会带伞，皇室成员雨天阅兵时会带伞，垂钓者也会一手拿雨伞，一手拿钓竿，在雨伞的庇护下，悠然地坐在泰晤士河边。然而约翰·罗伊却无法忍受在手臂上挂一把长杆的雨伞，因为走起路来伞杆会撞击到腿部。他也讨厌伞尖在走路时像拐杖一样，每走一步就会触到地面。因此，他为自己购置了男士"利立浦特"牌的伞。这种伞以结构稳固著称，在收起的状态下准确无误只有三十三厘米长，放在暗色的套子里也不起眼。

这一天晚上，他也拿着这种分量不轻的折叠伞，为了逗乐路过的行人，有节奏地将伞从一只手抛到另一只手里。左一下——噗，右一下——噗，左一下——噗。

约翰·罗伊太专注于自己的思考了，以至于没有意识到自己手上正做着奇怪的动作，而他的双腿只是机械地沿着肯辛顿路迈着步子。

他刚拜访了米丽娅姆·特里,关于莫里斯在上海的生活,她讲述了自己所知道的一切。让他着迷的不是死者,而是这位年轻的女士。格兰是对的,米丽娅姆不仅漂亮,而且聪颖可爱。是的,罗伊想道,可爱,这词最合适。当人家问她问题时,她只谈自己。米丽娅姆·特里知道如何专注地倾听别人,脸上不会露出无聊的神情。约翰·罗伊第一次想知道一个女人对他的看法。她喜欢他吗?

罗伊总是说,一个从事高危职业的男人要是恋爱了,就得及时写好遗嘱。这句话此时恐怕是要应验了。

他爬上台阶,走进自己的住所,整栋房子一如既往地那么安静,因为这里除了他之外只住着一对夫妇,他们一年中的大部分时间都住在位于苏塞克斯的庄园里,这段时间也不在。如果罗伊不是满脑子都在想着米丽娅姆的话,他就会注意到仆人不见了这一反常情况。尽管詹姆斯也想带"他的女孩儿"去电影院,但他从未因此而懈怠过他的职责。一天的这个时间里,他应该已经准备好了晚餐。况且,听到主人按门铃的声音却不来应门,本来也是不可原谅的。按照往常的经验,爱情在后期稳定阶段常常靠美食来促进,但在形成阶段却使人茶饭不思,所以约翰·罗伊此时也根本没想到要吃饭。除了独自坐在黑暗的房间中喝威士忌,在香烟缭绕的烟雾中遐想米丽娅姆外,他什么都不想做。

他将"利立浦特"牌伞夹在腋下,用双手摸遍了所有的口袋,终于找到了钥匙。他甚至没发现,门只是合上了,并没有锁紧。他轻轻地锁上身后的门,摸着黑,一如往常那样一下子就将帽子挂在了挂钩上,然后走进了那个接待过格兰的房间里。罗伊没有意识到他手上还一直拿着折叠好的雨伞。

罗伊心满意足地叹了口气,坐进一把沙发椅内,伸展了双腿,懒得伸手去够落地灯的开关。

他突然收起了双腿,绷紧了身体,好像正待一跃而起。他脑中的迷醉已然消却,右手不自主地握紧膝盖上的雨伞,双眼半闭着,目光好像试图穿透黑暗。从哪儿传来的声音?这宽敞的房间里的哪个角落里正埋伏着危险?厚重的沙发,还有窗帘——哪儿都有可能藏着什么人。

罗伊尽可能地让自己的呼吸平静下来,甚至压低了声音,若无其事地吹起口哨来。他轻手轻脚地从沙发上滑落到地毯上,试着用手去找位于灯架中部的落地灯开关。他犹豫了一秒——柔和的灯光亮起,又被罗伊立马关掉。他不由地感到脊背发凉。就在这一秒钟内,他看到两只埋伏在暗中的眼睛,琥珀色的瞳孔里闪烁着凶光。罗伊将沙发移到身前,房间里随即就传来"砰"的一声轻响。

带有消音器的手枪,罗伊想。该死!我手上什么都没有,只有——他慢慢地将沙发朝着他看不见的陌生人推去。他突然感到脑后一阵凉风,猛然转过身来,那陌生人惊愕不已,快速向前伸出了手枪,但"利立浦特"伞结实的伞架已经"啪"的一声打到行凶者的手臂上了——武器掉落在地。闯入者轻声咒骂一句,快步夺门而出,冲出前厅时绊倒了一张椅子。要不是一声呻吟在一瞬间内扰乱了他的追捕,罗伊肯定能够逮住那人。还有人潜藏在房间内吗?罗伊一打开灯就意识到自己犯了一个错误,又赶忙追了出去。太迟了——原本停在隔壁房子前的一辆黑色重型轿车飞速驰骋而去。

罗伊擦了擦额头。"我的天!"他嘀咕道,"差点就遭殃了。"

他猜出之前在房间里呻吟的人是谁了。他的猜测得到了证实——在存放扫帚、吸尘器和其他有用物品的储物间内的一个角落里躺着他那可怜无助的仆人,嘴里塞着布团,身上捆着粗粗的麻绳,正转过身来,可怜巴巴地看着他的主人。

罗伊把布团取了出来,詹姆斯抽泣几声后,滔滔不绝地讲述起来。

"我担心您,先生。真担心啊!我听见您回到家中,但却什么也做不了!您要是发生了什么事情,我这一辈子都高兴不起来!"

"现在好了,"罗伊安慰道,"我要是像一个男人该有的样子,脚踏实地地站在地面上的话,整个事情就会是另外一个走向。"

詹姆斯一脸诧异,但罗伊并没有对他这种独特的暗示做出什么解释。他给那年轻人松了绑,扶他站起来,然后带他走进了方才罪犯藏身过的房间,关掉了明亮的天花板灯,倒了满满两杯威士忌。

"那人是怎么将您制服的?"他问道。

"有人按门铃,我以为是您回家来了。其中一个人是中国人。我还没来得及说什么,他们就拿什么东西敲了我的脑袋。然后他们把我拖进厨房里,给我嘴里塞了个布团,将我绑了起来。一切发生得太快,太利落了,我觉得这帮匪徒肯定经常干这种事。我听到那中国人说:'剩下的那点儿事情你一个人做就好了,我先去把车子发动了,这样我们就能快速离开这里。'然后他们就离开了厨房,我就像这样,一直待在这里。"

他停顿了一下,揉了揉手脚关节,"现在我知道了,"詹姆斯望着时钟说道,"所有的一切都发生在大约半小时的时间里。这中间那人又来了一次,看我是不是被绑紧了。幸好他留着厨房的门,要不然您就听不到我的呻吟了,先生。"

"这两人长什么样?"

詹姆斯耸耸肩。"他们没摘下帽子,房间里太黑了,或者说太暗了。我只知道其中一个人是中国人,另一个人高我半个头。"他看了看房间四周,"能不能找到些东西呢?那人或许落下了袖口的纽扣或者领带上的别针也不一定。"

"你看了太多侦探小说了。"罗伊微笑道,"这年头没有罪犯会在领带上戴别针的,现在袖口上的纽扣也缝得很牢固。不过,这里!"他将手枪抛到空中,又接住,"带消音器的手枪——都在这儿了。走着瞧吧!这些家伙肯定知道,如果被逮住的话,持有武器会大大加重量刑的。"

"那东西上面有指纹吗,先生?"詹姆斯羞怯地问道。

"我向来受不了别人带黄色手套,现在就更受不了了。所以说,那人拿枪的时候戴着黄色手套。另外,这也给我提供了便利,黑暗中的浅色块让我能更好地打中他的手臂。"

过后,罗伊给格兰警官打了电话,后者承诺立刻前来拜访。

挂断电话后,他脱了鞋,借助手电筒搜索地板和地毯。他在厚厚的士麦那地毯上发现了不止一个脚印。当詹姆斯弄明白主人为何在地上到处爬后,也脱下了鞋子,踮着脚出去,拿了一块粉笔来。罗伊赞许地看着他。

"詹姆斯,有进步!如果我要带你去上海,你怎么说?"

詹姆斯先是诧异不已地看着他,然后又用责问的眼神望着他。

"不过上海很炎热,年轻人。好好考虑!如果知道你跟谁一起去哪儿的话,估计没有保险公司会接受你的投保。他们至少也要抬高保险率。"罗伊微笑道,而詹姆斯则越来越兴奋了。他高兴地忘乎所以,心想,世界上的所有事情都有好的一面,哪怕是被人袭击。

*

格兰还没进罗伊的家门就问发生了什么事情。

"您是千里眼吗,督察先生?请进!"罗伊递给他"缴获"的手枪,"一次小小的谋杀行动。"

"针对您?"

"是的。"

"就在这儿?"

"那人想一枪崩了我的时候,我就摸黑坐在房间的这张椅子里。"罗伊描述这次袭击的经过。

他们一起又彻底搜查了整个房间、前厅、厨房和楼梯间,没有找到任何线索。

"闯入者不是中国人。他是浅色皮肤,但眼睛却是棕黄色的。也有可能因为这双眼睛在黑暗中突然被照亮,所以才让我感到奇怪。我担心,督察先生,您在这里也有各种事情可忙了。"

"要是这些家伙不跟着您去上海的话。"

"这我们当然没法知道。但我相信不会的,"罗伊慢慢说道,"我甚至可以进一步猜测,这两人会一直留在伦敦——他们一定是上海帮在英国的代表。"

"您认为您会在中国找到一个更大的组织?"格兰问道。

罗伊耸了耸肩膀,沉默不语。

"这样的话,您就不能单枪匹马去作战。要不然您就会处于劣势。"

"我会带上我的仆人,我还不至于蠢到在路上就将自己置于危险的境地之中。我会购买船票,然后尽量推迟乘飞机去上海的时间。明早我去拜访曼上校,同他商量这一切。"

当格兰离开那栋房子时,街上已经很暗了,他下意识地往四周张望,但却没有发现什么可疑的人。

*

罗伊与上校的谈话有出乎意料的收获,但也不尽如人意。尽管他滔滔不绝说了一大通,但曼仍然坚持,罗伊无论如何不能单独一人,而必须在仆人的陪同下去上海。

"昨天的事情已经表明,这一切是多么危险!"上校坚持道。

"您考虑过费用吗,先生?就算我们通过这次袭击弄清楚了一些情况,这个案件还是十分不明朗。再说,谁知道我们是不是真能查明真相呢。"

"我们一定要查明!"曼抱怨道,同时将一张报纸推到罗伊面前,"有些记者可能明天就忘了他们今天写了什么,但这个人不会!"

罗伊十分惊讶,低声读起了报纸上的内容:

"莫里斯先生，著名的曲棍球和马球运动员，因在中国染上了恶疾而死于麦克罗宾森教授的诊所。我们还记得，三年之前我们报道过年轻人威尔斯的死亡，他也是在中国染上了不治之症后回到故土的。据我们所知，大约两年前还有一位名为罗伯特·龙的年轻人也因同样的症状死于麦克罗宾森教授的诊所内。苏格兰警局发布的公告是否与这三起事件有所关联？苏格兰警局是否认定这是一起犯罪案件？"

"苏格兰警局是否认定这是一起犯罪案件？"罗伊重复道。

"该死！"曼的这一声咒骂不知是因为熄灭了的烟斗，还是针对这篇文章。

"是的，我们必须解开这个谜团！"罗伊有些恼怒地说道，"这里还有些内容。"文章的结尾印在另一栏上，所以他一开始没注意到，现在他大声将其读了出来：

"知名律师H.G.米尔斯是死者的朋友，将于明日带来一篇详细评述乔治·莫里斯和他对英国体育所作贡献的文章。而我们只记得，在三年前印度对阵英国的那场难忘的曲棍球比赛中，英国之所以能取得胜利，很大程度上归功于莫里斯先生。此外，据米尔斯先生说，他将给警方提供一定的线索。他会尽一切努力查明他年轻朋友的死因。"

"什么？"曼诧异地问道，从罗伊手中拿过了报纸，"我漏看了这部分。"曼接通了H.G.米尔斯的电话，罗伊很好奇这两人的对话可以带来什么新情况。

上校如此看重这件事情，以至于他同律师交谈时就像个普通人那样，说起话来具体明了。

曼向着罗伊做了一个邀请的手势，罗伊于是拿起了另一个听筒，倾听两人的对话。

"我是苏格兰警局的曼，"上校起了个头，"《今日报》上的消息确实吗？您想发表一篇关于乔治·莫里斯的文章？"

"是的。明天就发表。"

"是嘛。结尾所做的暗示是什么意思？"

上校拿来报纸，朗读了文章的最后一句话。电话的那一头沉默了片刻，律师接着说道：

"这也不错。我没有特定的怀疑对象，但是我认为我已经找到了——我们小声点儿说——谋杀的动机。"

"我迫不及待想要知道！"

电话的另一边又是一阵若有所思的沉默，片刻后，律师迟疑地说道：

"您的来电是否说明，苏格兰警局对我的发现很感兴趣呢？"

"反应敏锐，律师先生！"上校咧嘴笑了，"不仅如此，您现在就可以告诉我们您的怀疑。"

"当然可以！您愿意的话，我明天早上十点来与您面谈，然后……"

"然后，在同我们谈妥之后，再将那份即将引起轰动的报告交给《今日报》，不是吗？"曼补全了律师没说完的话。

"正是。"

"为什么您明天才来找我们呢？"

"因为我想在文章中加入一些举证再递交给您，上校先生。否则您会认为我所说的一切都是凭空想象出来的。苏格兰警局想要的是事实。"律师笑了。

"您能想象得出,我们这些高层官员需要多少想象力吗。那么,明天见!"

"十点钟。我很准时。"

两人的对话结束了,上校用力揉了揉他硕大的鼻子,这个动作在他那里一直象征着专注的思考。

"为什么他要在《今日报》上公布他的发现?您能明白吗,罗伊?他不是应该先来找我们吗?"

"也许他害怕自己会遭到嘲笑,所以想通过报纸引起警局的关注。"

"滑稽,直接的方法总是最好的。"

上校看上去已经忘了约翰·罗伊所受到的袭击,罗伊也小心翼翼地避免让他再想起此事。罗伊离开了警局,打算第二天早晨十点钟再来警局。

谜团迭起

第二天天气晴朗,尽管约翰·罗伊总是否认他的情绪取决于天气,但事实上,同大多数人一样,他也没能摆脱天气状况的影响。所以,这一天,当他开着他那辆小型轿车快速地驶入维多利亚堤岸,在苏格兰警局前停下车时,内心是充满希望的。

他看了看手表——十点差两分。罗伊快步走上台阶,分秒不差地走进了上校的房间。上校此时正坐在写字台后,脸上挂着无聊的表情。米尔斯还没来。曼沉默不语,也许心里正想着自己待会儿恐怕要浪费不少口舌;罗伊也不说话,而是走到窗边,不耐烦地用指尖连续敲击着窗子。

十点过五分,死一般的寂静。过了约定的时间十分钟后,写字台那边先是传来一声深沉的叹气声,然后又是一阵不满的嘟囔,听上去像是在说"不守时是万恶之首"。

罗伊不安起来,他不明白,为什么偏偏在这个时候,全身会有一种骚动不安的独特感觉,这在往常意味着他内心处于戒备状态。他在战争中体会过这种感觉:心跳加速,体内血流加速,神经高度紧张。他竭力沉默了五分钟后再也忍不住了。

"上校先生,不会发生什么事情吗?"他问道,声音在长

久的沉默后听起来十分急迫。

"您想说什么?"曼立马问道,并站了起来。

"我们打个电话吧。"罗伊一边提议道,一边已经走到了电话机边上。

律师的办公室内无人应答。

"还在家里吧。"上校说道。

他们在电话簿里寻找米尔斯的私人地址,发现他住在里士满。"他看起来很有钱啊!"上校说道,听起来像是一种指责。

但是米尔斯也不在里士满。他的妻子解释说,他前一夜是在伦敦过的夜。

"这种情况经常发生吗?"曼惊讶地问道。

"是的。当我先生工作很多时,就在伦敦过夜。他在办公室附近有个小套间。"

她告知了套间的地址,就在圣詹姆斯公园附近,离警局不远。于是,曼决定马上开车过去。

"您找我先生谈话是为了什么呢?"米尔斯太太不安地问道。

"我们约好了十点钟见面,但是他到现在都没出现。"

"我不明白!他从来都很守时。请您转告他,让他立刻给我打个电话,让我放心。"

当他们来到街道上时,罗伊没有注意到树木上闪闪发光的新绿,他的神经极度紧张。尽管如此,当他坐在汽车方向盘后时,表面上仍显得十分平静。坐在他身边的上校也显得十分镇定,罗伊很想知道他那宽阔的额头后面藏着什么想法。

开过了威斯敏斯大桥,罗伊加快了速度,不一会儿他们就来到了律师前一晚可能待过的房子前,希望能在这里碰上他。

一楼的一扇门边上挂着一个长方形名牌,上面写着"H. G. 米尔斯,律师和公证人",他们按响了门铃。

无人应答。

罗伊不断按着门铃,但是套间内显然没人。上校转身去按对面房间的门铃,铃声一响就有一个女仆前来开门。当上校问起米尔斯时,她很热心地回答了他的问题。

她已经好多天没有见到律师本人了。他在这里过夜时,有个女人会来给他收拾房间。这个女人这段时间也没遇到过。夏天的时候,米尔斯有时候连续几周都不来这里住,但是冬天有更多工作的时候,她常常能在这栋房子里看见他。

"他说不定去办公室了?"罗伊说道。

"米尔斯是不是去了《今日报》的编辑部呢?他也许想在到警局拜访我们之前把文章交给那些人。或许他被人留在了编辑部里;又或者,他的车子发生了故障。"

这种沉着冷静的语调也瞒不过罗伊,上校不再是平常那种漫不经心的说话方式,找到米尔斯所在之处对他而言至关重要。

"或者他已经坐在警局里等着我们了,"罗伊笑着喊道,"我们可以在您这儿打个电话吗?"他问道,女仆当即就让出了前厅内通往电话机的道路。

然而,米尔斯既没去警局,也不在办公室里。

罗伊和上校面面相觑,然后飞快跑下台阶,又上了车。

"去办公室,这是我的想法。"罗伊平静地说道。上校没接任何话,罗伊就当他是默许了。

门是虚掩着的,他们快速敲了几下门后立马走了进去,看

到一位漂亮的姑娘站在窗边,正忙着往鼻子上扑粉。

"噢!"她惊叫起来。尽管她脸上擦了腮红,还是能看出来血液一下子涌上了她的双颊。

隔壁房间里走出来一个胖乎乎的女人,手上拿着吸尘器。她咕哝一声"早上好",然后紧挨着经过两人,朝门走去。

"站住!请您留在这里!"曼喊道,"您知道米尔斯先生在哪里吗?"

手拿吸尘器的女人不吭声地摇了摇头。当她打开吸尘器、卖力地在房间里绕来绕去时,曼变得不耐烦起来。

"请您停下!马上!"

嗡嗡的响声渐渐停止。

"米尔斯先生还没来。"那女人语速缓慢地挑衅道。

"我们已经注意到了!您最后一次见他是什么时候?"

"当然是昨天了。"

"上午还是下午?"

"上午。"

"您还打扫收拾市里的那个套间,不是吗?米尔斯上一次在伦敦过夜是什么时候?"

"大概三个星期以前。但是您为什么要问这些?他失踪了吗?"她好奇地问道。

上校没有回答她的问题,而是转身面向那个姑娘:

"我猜,您是速记员吧?"

"是私人秘书!"她没礼貌地说道,走到了钱柜边,似乎想以此强调自己的职位多么受信任。上校笑道:

"好吧,私人秘书小姐,您最后同您的上司见面和交谈是什么时候?"

"昨天晚上。我像往常一样六点钟离开时,他还在工作。"

"您不知道他在哪里过夜吗?"

"我只对工作上的事情感兴趣。"

"除了您之外,米尔斯先生没雇用其他人吗?"——罗伊注视着上校。为什么他用的是完成时态?但曼好像没有意识到这一点,而这恰恰表明了他的担心。

"有。"那姑娘走进隔壁房间,两位男士跟在她后头,"帕特森先生在这里工作。"

"是会计吗?"

"会计?!先生,他可是位绅士!"

罗伊和曼哈哈大笑起来。"这两者并不冲突。"罗伊说道,但是那姑娘并不理解他所说的话。

"我是说,他骑马、打高尔夫球,甚至还打曲棍球!每天早晨他来这里之前都要先骑会儿马或者打一轮高尔夫球——"

"——或者曲棍球。"

"不是,一大早当然不会去打曲棍球。"她认真地解释道。

"您不觉得,要是有钱的话,许多会计会这样打发时间的吗?"罗伊逗乐道。

姑娘一言不发地望着他。

"照您所说,帕特森先生是位亲切友善、收入丰厚的年轻人。"

"为什么说他亲切友善?"她无礼地问道,"您又没见过他?"

"我这么猜测,是因为您一直在替他说话,小姐——您贵姓?"

"您——您这么说话,就像个——天哪!您就是!您是警察!"女孩叫道,用手捂住了嘴。

"警察!"女佣尖声叫道,"我早就知道这么多钱来路不正。他贪污了吗?"

"请您不要搬弄是非!"曼斥责道。

"咦?一大早的黄金时间里,这里怎么乱哄哄的?"一个愉快的声音从身后传来,两位先生兴奋地转过身去,以为律师终于来了,而他们此前的所有担忧都是毫无依据的。两人一眼就看出,站在门内的那个年轻人只能是帕特森。他有一张生气勃勃、晒成棕色的脸,深颜色、狭长的眼睛,黑色的头发平整地贴在脑袋上。他身穿骑马服,猜得出,他的外形与女秘书最喜爱的电影主人公很相像。如果这张薄薄的嘴唇张开,露出闪亮的牙齿,唱出一首轻快的开场曲的话,罗伊也不会感到惊讶的。

年轻人鞠了一躬。

"我是帕特森,亨利·帕特森。我在楼梯上听到有人在喊'警察',我猜,我们可爱的'吸尘器仙女'又控制不住她的想象力了,不是吗?走吧,亲爱的!今天的活儿已经干得差不多了。"

那女人看了看四周,然后有些犹豫地离开了。

"曼上校。"他向帕特森伸出了手。"这是罗伊先生。我们——"

"曼上校?"帕特森打断了他,"您不会是苏格兰警局刑事部部长吧?"

"猜对了。"

年轻人脸上的表情立刻严肃起来。他立刻转变了漫不经心的态度,回应了罗伊有力的握手。

"米尔斯先生不会有事吧?"他随即问道。

"您怎么会这么想?"曼急切地回答道。

"因为他到现在还没来办公室,而且他昨天告诉我,他跟您通了电话,今天十点钟会找您面谈。"

"您也知道是关于什么事情?"

罗伊克制自己不说话,让曼来提问。

"是的,当然了。"帕特森回答道,"是他想写的关于乔治·莫里斯的一篇文章和其他的一些事情——米尔斯先生大概猜测到年轻的莫里斯神秘被杀的原因了。"

"他没跟您细说他的猜测吗?"

"没有。他想等警察接手了这个案件后再跟我说。您一定知道,米尔斯先生是个十分谨慎的人,他只谈论他能够证明的事情,从来不会跟人散播谣言。"

"真遗憾!"

"您说什么?"

"真遗憾,他这回要是健谈一些,向您透露了他的猜测就好了。——您在这儿是什么职位?"

"这么说吧,我曾是米尔斯先生的得力助手。"他微笑道,"本来今年我会成为这家公司的合伙人的。米尔斯没有孩子可以继承这家经营良好的公司。"

"他的事务所真不赖。"曼说道,打量起房间的四周来。这里的两个房间看起来都像是珠宝匣子:抛光得锃锃发亮的银灰色家具,草莓色的天鹅绒沙发套,再加上漂亮的地毯和有趣的

窗帘,整个室内给人一种家一般的感觉。

"米尔斯先生总是说,他大部分时间都待在办公室里,所以不能理解为什么办公的区域就非得装饰得毫无品味、丑陋不堪。单单是靠事务所的话,他不可能有这样的生活。但是米尔斯先生还是一个出色的商人。"

"啊,是什么行业的?"曼问道。

帕特森隐晦地笑了。

"现在,他让钱生钱,他是几家大银行的监事会,同海外有联系——"

罗伊插进话来:

"跟中国也有联系?"

"是的。尤其是同中国。我就在那里待过三年,为他处理了各种事务。"

上校吸了口气,空气穿过牙缝时,发出了一些响声。

"是不是该让格兰探长过来?"罗伊压低了声音问他。

"为什么?我看上去那么笨拙吗?"

罗伊否定地摇了摇头。

"如果我们找到米尔斯时的情况需要警察介入的话,会叫格兰过来的。"曼做出了安排,然后又转向帕特森。

"请您支开这姑娘。"他低语道。那年轻人给了她一些需要用打字机誊抄的材料,然后在她走后锁上了门。

"我们担心,您上司的消失同那篇即将在报纸上发表的文章有关,尤其是最后一句话。有可能是那个谋害了莫里斯和其他三人的那个家伙害怕米尔斯,所以就……"上校沉默了,帕特森则惊恐地向后退了一步。他将手支撑在写字台上,他健康棕色的皮肤变得惨白。

"希望我们弄错了！"曼安慰道，"但是他没在里士满过夜，他在伦敦的套间没人开门，他不在警局，也不在这里——只剩下报纸的编辑部了。请您给那里打个电话。"

帕特森用颤抖的手拨出了号码。正如罗伊和曼所料想的那样，他得到的是否定的答复。米尔斯也没有送去约好的文章。

"现在该怎么办？"帕特森沮丧地问道。

"我们必须撬开套间的门。也就是说，我回局里，派格兰过来。"曼说道。罗伊注视着他，知道上校对于找到活着的律师已经不抱什么希望了。

*

他们刚驶过圣詹姆斯花园边上的那栋房子，格兰和阿德尔乘坐的警车就到了。因为米尔斯没在他市里的套间里存放什么贵重物品，所以也就没有在那里安装安全锁，一个撬锁工具就把门打开了。

他们打开了过道灯。家具上铺着一层薄薄的防尘布，深绿色的铺地漆布刚刚打过蜡。当先生们自然地想要踏进房门时，格兰举起手来阻止了他们。

"等等！打过蜡的漆布上可以看到每个脚印。由此可以看出，米尔斯先生前一天晚上没来过这里。你们看——从厨房门到我们这儿只有一串到出口的脚印。是带有细跟的女人鞋。"

"是女佣！"罗伊叫道。

"是的，她来过这里给地板打蜡，从每个房间门到这里的

脚印都用抹布擦去了。当她将洁具放在厨房里，离开套间的时候，这一串脚印就留了下来。"

格兰和阿德尔走在前面，罗伊和帕特森也跟进了狭窄的厨房后，里面就容不下更多的人了。他们彼此对视一眼。寥寥数个锅碗瓢盆表明，这里很少做饭；套间内的三个房间也看上去太过干净整洁，不像是有人居住的样子。律师似乎有时候也在这里接待生意伙伴，因为这里存放着不少玻璃杯和酒。

"这个套间是不是还有地下室和阁楼？"格兰问道。

"是的，"帕特森肯定道，"我还知道钥匙挂在哪里，因为我不止一次去拿过酒。"

他走进厨房，带了一串钥匙出来。所有的房间都仔细搜索一遍后，他们爬上了阁楼，但是里面空无一物。在地下室里，他们除了几瓶酒外什么也没找到。

"你们办公室所在楼房里的阁楼也是你们租用的吗？"阿德尔突然问道。

"当然。我们在顶层有一个封闭的房间，里面有几个用来存放文件的柜子。"帕特森解释道。

"为例行公事，我们还要去那里看看。"格兰吩咐道。

他们一起开车回到了律师的办公室。

秘书说，米尔斯没回过办公室。帕特森不安起来，因为他发现阁楼的钥匙并不在原来的地方挂着。

"您拿了钥匙吗？"他问那姑娘。

"没有。好几个星期没上去了。也许那女人打扫了上面后把钥匙放在别处了。"

"我们上去，"格兰说道，"锁或许已经打开了。"

办公室在三楼，四楼之上是复式楼房顶层的房间和阁楼间。往上的楼梯是用粗糙的石块制成。

"真奇怪！有人忘了拔下钥匙了。"

帕特森有些犹豫地伸出手，转动了钥匙。

"门没锁！"

"那么，就请您打开它。"格兰不耐烦地喊道，但是那年轻人却退到一边，给格兰让出了他的位置。督察立刻向外甩开门。里面什么都没有，除了几个存放着报纸和大部头书的文件柜和架子。所有人都松了一口气。

"这些柜子原来是什么构造？"罗伊问道，"有许多隔层，还是没被隔开的，因而能够——嗯。"他不往下说了，其他人都知道，他想问的是里面能否藏下一个人。

帕特森想打开其中一个柜子的门，但却打不开。

"锁住了，"他说道，"但是所有的柜子都有抽屉和隔层。"

他们又来到楼梯上，已经打算下去了，罗伊却突然站住了。他指着另外一扇门问道："这个房间有人租吗？"

"据我所知，没有。"帕特森说道。

"米尔斯先生是容易焦虑的那种人吗？他经常忘事吗？这样将钥匙留在那儿反常吗？"

"噢，米尔斯先生从来不会忘记拔钥匙的，除非是那个女佣。"

罗伊来到另一扇门前，按下了门把手。

"房间是锁住的。您随身带着撬锁工具吗，督察先生？"

格兰惊讶地看着他。

"这是我的一个猜测。不进去看看，我心里不安。"罗伊说

道,"你们就在外面等着吧,或许——"他凑到门前,透过门锁往里看。他的嘴唇间传来一声不响的叫声,当他直起身来时,脸色一片惨白。"简单锁。"罗伊磕磕巴巴地说道。他将钥匙从旁边的那扇门上取下,插进了这扇门的锁孔,"有时候这种门用的是同种锁,或者是结构相似的锁。"他在打开门之前,四下环顾一番,说道:"谁要是害怕,就待在外面。"他猛一用力,拉开了门。所有人都向房间里看去,惊得说不出话来——嵌入墙内的一个铁钩上挂着一个男人。

"米尔斯?"阿德尔小声问道。

没有回答。他们转过身来,看到帕特森点了点头。他的嘴唇颤抖着,说不出一句话。

"他已经死了好几个小时了。"格兰沉默了良久之后说道,"帕特森先生,请您过来一下。我想给凶杀案侦查委员会报告情况。"

这两人下楼去打电话,罗伊和阿德尔又回到了属于律师办公室的顶层房间里。

罗伊注意到,满是灰尘的地板上并没有脚印,显然被人匆匆忙忙地用纸张擦掉了。几个文件柜的周围特别干净。

"我们大概找不到什么指纹。"他对阿德尔说道,"凶手是个狡诈的罪犯,冷血地擦去了他的痕迹。"他看了看四周,拿过来一根本来用于支撑窗帘的细铁棒。阿德尔试图用他结实的折叠小刀撬松柜门上的锁,而罗伊则将细铁棒插进狭长的缝里,撬开了柜门。所有的隔层都整整齐齐地叠放着文件,只有第三个柜子里被翻得乱七八糟的。

"罪犯在这里找过东西,或者还带走了些文件。"他喃喃自语道。

楼下，谋杀案侦查委员会到了。这栋房子内忙碌起来了。开始工作之前，他们将二楼以上区域封锁起来。放下尸体之前，他们从各个方向拍摄了尸体的照片。在这之后，法医开始了他的工作。

米尔斯大约死于十二小时之前。从脖子上的伤痕来看，是被人从后面袭击勒住了脖子，因为下巴上的皮肤上有手指按压产生的大小、程度不一的红色印记；似乎是失去知觉后才被吊死的。如果条件允许的话，尸体很可能会被藏匿起来。

"让他从这个世界上消失，这也许是最不起眼的办法了。"格兰说道，"没有血迹，不用枪——甚至都没有叫喊，因为他很可能是被突然袭击的。"

当那些官员一寸一寸地调查顶层的房间时，格兰来到楼下的门房处。他得知，看门人看守大门到晚上八点，然后就会锁上大门，在里面工作的人都有大门的钥匙。

"很晚来拜访的人怎样才能进去？"

看门人指给他看门外对应着每个办公室的各个门铃。"谁要是八点钟之后来拜访，就必须按门铃。"

"可以从上面自动打开大门吗？"

"不能，必须要亲自下来开门。"

"您或许已经知道了，米尔斯先生吊死在楼上了。"

"知道了。是自杀么？"

"不是，他是被勒得窒息之后才被套上绳子的，大约死于昨晚十点到十二点之间。您发现了什么可疑的现象吗？"

"没有。十点钟的时候我去看电影了，快到十二点的时候

又回到这里,一切看上去都很正常,房门是锁着的——没什么让我感到不安的。"

"您养狗了吗?"

"不养,督察先生。我总是运气不好。我养的狗不是太温顺了,就是太凶猛了,我要是不看紧它们,每个访客都会有危险。所以我只好放弃养狗了,到现在为止,也还没发生过什么事情。没有人室偷盗,什么事都没有。"

"您肯定知道,哪些人进出这栋房子。我的意思是,您大概认得许多那些常来这里的访客吧。拜访米尔斯先生的是哪些人?有什么事情在某些时刻特别引起了您的注意吗?"

看门人想了很久,然后说道:"没有。拜访他的都是他的客户,就是那些需要找律师的人。米尔斯先生是个安静稳重的人,我完全没法想象,怎么会有人这样憎恨他。"他下意识地捂住了自己的脖子。

这栋房内的所有人都接受了审问。没有人发觉昨晚有什么不同寻常的。警察问询后发现,最晚一个人是快九点时离开的,并且按照规定锁好了门。所有其他办公室的业主都是在这之前离开的。

"所以,米尔斯肯定认识这个访客,所以才会让他进来,要不然他就不会带他进入办公室内。"格兰说道。

罗伊赞同他的猜测,认为米尔斯先生只有可能是被熟人所杀害。看样子,律师还带访者一道上了阁楼,让他帮忙寻找文件。凶手很可能知道钥匙还能打开隔壁房间的门。在这种情况下,凶手能将钥匙插回原来的门上,可以说是极度沉着冷静和心思细密的。他意图借此将警察的注意力快速引向那个找不出什么东西的房间,可能希望警察压根就不会注意到不属于米尔斯办公室的那个阁楼间。嫌疑人也有可能只知道那个空房间几周之内都不可能有人进去,并用工具敲开了锁。

凶手用来勒死米尔斯的那根绳子也使罗伊陷入了沉思之中。这根绳子极细,是丝绸做的。这样精巧的绸绳只有在中国才有。罗伊一而再地碰上这个国家。米尔斯被灭口是因为有人害怕他揭露与乔治·莫里斯之死相关的信息?

帕尔森也猜测这是米尔斯的死因,因为他想起来登在《今日报》上的文章:

"是我同编辑交涉的,最后一句话恰恰是我写的。我该怎么弥补我的过错啊!"

你根本没办法弥补,罗伊想道。不过他心中产生了一个想法,只不过此时还不想说出。

当他们结束这里的工作后,阿德尔开车来到《今日报》在舰队街上的编辑部,打听米尔斯此前是否说起过他所要写文章的内容。然而米尔斯什么也没说起过。编辑们自然知道关于体育米尔斯会写些什么,但是对最后一句话的意义,他们也无法解释。

谜团重重,格兰想。我们目前只知道被害者是谁,对于该去何处寻找凶手却毫无头绪。而且,更重要的是,我们还不知道这些谋杀的动机。

从米尔斯悲痛欲绝的太太那里是问不出什么东西来的,她看来从不与先生谈论生意上的事情。她是那种亲切可爱的社交女士,一门心思只在家务事上,从不过问供她花销的钱从何而来。

　　警察自然已经彻底调查过律师在里士满的家中特别喜爱的几个房间了,但是什么文件都没有找到。米尔斯好像至少想在这里远离工作上的事务,因而从没将工作带到这里。

　　格兰感到很头疼,但是并不气馁。他在工作中已经积累了足够的经验,因而知道,某些一开始看似毫无头绪的案件只要找到贯穿始末的红线就能迎刃而解。这一案件首先要找到谋杀的动机;米尔斯本来可以告诉他们的,但他再也开不了口了。

曼上校感到不安

既然罗伊已经知道罪犯也住在伦敦,就不着急前往上海了。他更愿意先留下来帮助苏格兰警局,但是上校却催他赶快启程。他问罗伊,谁是陪他一同前往上海的最好人选。

"帕特森。"罗伊毫不犹豫地回答道。

"可是您才认识他不久!"格兰惊讶地叫道,他在两人交谈时也在场。罗伊微微一笑。

"您知道,督察先生,我很快就能做出判断。请您放心,帕特森这个年轻人会是我的得力助手。他了解中国和上海的那些人。另外,他也对查明案件十分感兴趣。这年轻人看起来身体健壮、意志坚定,而且他清醒的头脑能确保他不在所谓的东方魅力前迷失自我。您知道,我说的是什么。他应付得了中国,因为他处理完米尔斯交代的生意回来后,他仍是那么的英国和欧式,就像他出发之前那样。这绝不是每个人都能够做到的。意志薄弱的人总是太容易屈从于异国的诱惑,中国会将他们拖垮的。"

"是——但是——"曼接话道,但是罗伊举起手来,表示不赞同。

"我知道您想说什么。帕特森是个商人,不是侦探。这对

我来说并不重要。对我来说,最重要的是他出众的外表。他是很招女人喜欢的男人。女人们虽然并不可靠,但是她们的闲言碎语却并非不可信。"

曼上校笑了,威胁似地举起了一根手指。

"您嘲弄起人来真是无可救药,罗伊。但是我还是会去您的婚礼上跳舞的。"

"为什么不来呢,阁下?"罗伊淡然地说道,"我觉得许多女士相当可爱,我只是不会被她们迷惑罢了。怎么样,您同意让帕特森跟我一起去中国吗?"曼上校若有所思地摇晃着脑袋。

"如您所愿,罗伊。这个年轻人我只匆匆见过一面,不敢做出什么判断。您知道他是否愿意随行吗?"

"我还没问过他。但是 H. G. 米尔斯公司就要解散了,既然它的业务一直延伸到上海,帕特森不管怎样都要去一趟的。您同意让他立马就上这儿来吗?"

曼上校没有回答,而是将电话推了过去,罗伊让那年轻人到警局来。

这年轻人一定是立马就开车过来了,因为他过不多久就走进了办公室里,这让曼上校感到很满意。上校简短地向他讲述了他们的计划,最后说道,如果一个年轻商人拒绝了这样一个危险的任务的话,他是能够理解的。他应该完全自由地做出选择,没人会因为他说"不"而迁怒于他的。但是帕特森立刻就答应了,甚至还显得有些高兴。

当罗伊同他一起穿过警局空荡荡的下坡走廊时,将手放在那年轻人的肩膀上,友好地说道:

"您答应一起去上海,我真的很高兴。"罗伊从帕特森投向他的目光中看出一种可以被原谅的沾沾自喜。毕竟,他比罗伊要高出一个头。他宽阔的肩膀、苗条但却健壮的身材可能让他觉得,自己可以保护这个几近纤弱的同行者。

罗伊的眼中突然亮起一种异样的光彩,他左侧的嘴角几乎不令人察觉地动了一下。接着,帕特森就经历了他一生中最意外的事情。

他不知道为什么一切竟发生得如此之快,过后也闹不明白——不管怎样,事实就是,他突然就坐在苏格兰警局走廊宽阔的地板中央了。他刚刚还是站着的,稳稳地用双脚站着,这会儿却失去重心滑到了——坐在了地上。

他万分诧异地向上看着罗伊,而罗伊则一脸严肃地俯视着他。

"我不明白……"帕特森结结巴巴地说道。

"柔道。您不觉得这是一种非常实用的技艺吗?"罗伊面无表情地说道。

帕特森站了起来,拍了拍屁股,沉默了。

"我还以为您会咒骂我呢!"罗伊笑了,"还是您觉得受到了侮辱?"

"没有,为什么这么说?"

"您这么说很对;我的这一招是对您刚才脑中对我们两人看法的最好回应。"

帕特森满脸通红,也许对罗伊除了会柔道外还能猜透人的想法而感到害怕。他握住了罗伊笑着递过来的手。

"别不高兴,帕特森。您可以向我要求点儿什么。"

"好,那就请您把这个该死的招数教给我,怎么样?"

两人都笑了,这个小小的突袭看起来拉近了两人的距离。

"乐意之至。但是您可别想用这招把我撂倒在地,我可是很了解这一招式的。"

*

詹姆斯在收拾行李。如果罗伊不注意的话,那么许多箱子里都会塞满罗伊收藏的匕首、步枪和手枪。詹姆斯大概以为在上海只有全副武装了才能够上街,因而对于罗伊的劝导老大不满。

罗伊想同他的随行者走法国航线到达法属的印度支那半岛,然后从那里再飞到上海。

出发的前一晚,罗伊再次向詹姆斯申明,所有人在中国都可能有危险,但是他的仆人却没有丝毫退缩的意思。他迫不及待地想要经历冒险,所以当他的主人说,最重要的不是逞无谋之勇,而是绝对的可靠和缄默时,他感到十分失望。

"如果能够完全信赖你的话,詹姆斯,我将感到非常满意。我们必须团结一心;你漫不经心对外人说的一句话、一番看似无害的自吹自擂就有可能让我们万劫不复。"

詹姆斯陷入了沉思;他收敛自己的谈兴,好像这会儿就开始练习沉默了。

上 海

尽管上海是罗伊记忆中最为喧闹的城市，但他从外滩——这条黄浦江岸举世闻名的大街上走下来时，还是被汹涌而来的噪声吓了一跳。

银行商厦的琼宇高楼是白人金钱和权力钢筋水泥形式的化身。黄浦江上传来巨大的远洋轮和内河船的汽笛声，间或夹杂几声英国巡洋舰的鸣叫，无时不在提醒着人们，它们在这里，并随时准备着保护英国人的金钱和贸易，无论在外滩，在上海，还是在整个中国。

黄包车苦力和搬运苦力不断呼喊着为自己鼓劲儿，有轨电车叮叮当当响个不停，还有汽车喇叭声和警察的哨声，不住地嘶吼着。所有这一切都处在海风带到这片大陆上来的潮湿空气中。

罗伊重重地叹了口气，他感到自己像被抛入了巫婆的煮锅之中，一根根神经沉重得难以忍受。他的目光疲倦地掠过那些中国人、日本人、印度交警、锡克教徒和白人。罗伊最终还是点头了——他的耳边已经不知道响起了多少次"先生，坐黄包车吗？"——让黄包车将他送到酒店里。

他感到气馁，意志低沉。中国那么大，人那么多！上海又是何等的鱼龙混杂！他要在这里找出一个人、一个罪犯，况且

他还对他一无所知！——不可能！他捶打着脑门。直到来到酒店里，感受到仆人细致的关怀照顾之后，他才恢复了原先的敏捷。他一刻也不后悔自己带了詹姆斯一起来。他的仆人是故乡的一部分，他是英国人，无论在哪个国家，无论在什么时候，都是个英国人。

"我找到了两栋房子，先生，"他冷静地说道，"是几个美国人的房子，他们要回乡度假几个月。还有辆车，我们可以一起租来。"

"希望不是处在中国城之内。"罗伊开玩笑道。

"我说先生！当然是在美租界和英租界里了！"

"很好，詹姆斯。"

罗伊本来打算跟帕特森一起租一栋房子，但要是没人知道这两个英国人之间的亲密关系的话，肯定对他们执行任务更有利。另外，罗伊也更愿意随自己的心意生活，而两人同住，不免要为室友做些考虑。

第二天，他们就签好了租房合同，罗伊和詹姆斯搬进了大一点儿的那栋房子里。他们和帕特森之间只有大概五分钟的路程，这样的距离正合适。詹姆斯现在不得不想办法应付家中为数众多、但又不可缺少的中国仆人。

帕特森处理着生意上的事务，就好像这是他来上海唯一的原因似的。过不多久，各种邀请就如纸片般纷纷飘来。

罗伊首先同中国医生李英获得了联系，后者曾经治疗过乔治·莫里斯，肯定对这年轻人和他的朋友们有所知晓。但罗伊很谨慎，避免直接向医生打探消息；他丝毫不泄露自己此行的目的，而是装作一名病人来拜访医生。他将病症描述得如此复杂，甚至一个颇有天赋的医生也至少需要一年的治疗时间才能确保治好这病。李英不仅仅是出于中国人特有的礼貌而对罗伊的诉苦大为关注的，也是出于对他本人的好奇心。罗伊想象得出，尽管这医生长相十分丑陋，但却已经赢得了白人们的信任。

也许对中国人而言，李英的相貌还没有到丑得可怕的地步，但是罗伊却不得不习惯他的样子。这张额头扁平、鼻子小而塌陷的脸有点儿像猴子。不仅如此，李英头发全秃，他那羊皮纸般的头皮上一根头发也没有。

但当李英操起他那口纯正的英语时，那双眯缝眼里泛出许多生气和智慧来，他那修长秀气的双手和整个身躯也沉浸在一种和谐优美的静谧之中。在这种时候，罗伊几乎就忘了这个男人的丑陋，不过到后来他就发现，这种印象在习惯中也会变得麻木。他见到李英的次数越多，最初的印象就越模糊；到最后，他甚至觉得这个知识分子的脑袋十分有趣了。不过詹姆斯在他待在上海的时间里始终称李英是"老丑猴"。

罗伊听说李英有个叫女儿，叫德泰，寓意无与伦比的美德——她的美貌超尘绝世，才智也同样不凡出众。尽管想象不出一个中国女人会给他留下怎样深刻的印象，但罗伊还是十分期待见识一下这名中国奇女子。因为她父亲将她保护得很好，罗伊一个星期之后才第一次见到她。

医生住在法国别墅区和中国城交界的一座宫殿般的宅邸之中。罗伊在纽约和伦敦也见识过富人的豪华住宅，但是这栋中国建筑却比他见过的所有豪宅都要豪华富丽。李英的妻子已经故去多年，所以德泰年纪轻轻就不得不担起了女主人的责任。罗伊参加的这场宴会就是她主持的。尽管她表现出一种令

人赞赏的自信，但整个宴会同一个美式的鸡尾酒晚会并没什么差别。罗伊完全不去注意人群中的中国客人。这宅内聚集了各个国家如此多的白人，就差外交官没有来了，足见这个知识分子的名声不同凡响。

即使按照欧洲人的品位，德泰也是漂亮的。她像个瓷娃娃般纤弱娇小，娇柔的脸蛋上略施粉黛，一双漆黑的丹凤眼奕奕有神。她薄薄的嘴唇涂了鲜红的颜色，蓝黑的秀发如丝绸般柔滑。一头齐刘海的短发表明，德泰是个年轻的中国现代女性。她那棕色蕾丝连衣裙大约来自巴黎。她说得一口流利的英语，但是却更喜欢说法语。她的朋友们用法语称呼她"小姐"。

当她将一只瘦削纤细、指甲涂成红色的手伸给罗伊时，罗伊有些不知所措。但德泰好像已经习惯了男人们第一次站在她面前时的慌乱失态，因而微笑着等待罗伊恢复说话的能力。他想要说几句话来对她的邀请表示感谢，但在看到帕特森踏进大厅时，又一次诧异地说不出话来。罗伊完全没想到他也受到了邀请，一找到恰当的时机就把他拉到一边说话。

"您认识李英？"他问道。

"有过点头之交。几乎每个在上海有社交地位的欧洲人都跟他有所往来。"帕特森说道。

"真奇怪。照理说，这里应该是中国人和白人隔阂很深的地方。"

"李英是个有名的知识分子，另外，他这个人也很受人欢迎。再说了，他自己一个人办不到的事情，凭借德泰的帮助就能办到。"

"她的确非常迷人，"罗伊的语气如此激动，帕特森有些担忧地看着他,"我猜她去过美国和欧洲,因为她的语言能力,还有她穿着巴黎时装时那种举手投足间的自信,是不可能在上海学到的。"

"我的天哪!您敏锐的观察力在炎热的气候中真是丝毫没有受到损害。您真是太对了,罗伊。再要一杯威士忌苏打吗?"

帕特森调制了一杯冰凉的饮料,但罗伊拒绝了。

"我最近不喝酒,"他解释道,"我暂时还不适应这里的气候。"

"但是大部分的白人认为最好的解药就是多喝酒。"

罗伊耸耸肩作为回答,用目光搜索着德泰的身影。

"可以推测,乔治·莫里斯同李英有社交上的往来,也熟识这个美丽迷人的中国女人。关于这方面,您知道些什么吗?"

"可惜一无所知。但是这里有不少人曾经是他的朋友。您等一会,我马上将您介绍给他们。"

"您得到了正式的邀请吗?"罗伊把脑中的想法说了出来。

"并没有。已经来过这里的人就不再需要被邀请了。法国人称周五为'待客日'。这一天,德泰总会在家中接待宾客。"

"所以说,我下个星期不用受到邀请就可以再来这里?"

"当然了。"帕特森的眼睛里又流露出担忧的神色。

"您知道我今天为什么不大情愿来这儿吗,罗伊?因为我听说您也要来。在欧洲殖民地内,什么事情都传播得很快,这您得知道。不过您还是跟我来吧,那里站着的五位先生曾经与乔治·莫里斯和雷金纳德·伍德爵士都十分熟悉。"

罗伊仔细在心里记下了那几个人的名字,过后又写了下来。他已经在那里待了一个小时了,跟人约定了第二天去跑马

场上赛马;他觉得,在李英家做客似乎让事情有了一些进展。他想同帕特森一起离开会客的大厅;两人踱着步,向大门走去,罗伊突然抓住了同伴的手臂,停住了脚步。

一对引人注目的夫妇向大门走来。

丈夫还不到中等身材,身形肥胖;皮肤是浅浅的褐色,一双黑色的眼睛,头发又黑又亮。他的步伐短小急促,尽管身材矮胖,但给人的印象却是行动灵活。

罗伊认定他是法国人。他的女伴高出他半个头,从远处看就像是个年轻女孩。她走到近旁的时候,罗伊才发现自己判断错了。这个女人事实上年近四十,只是因为身材苗条,走起路来像年轻人那般迈着大步,才让人产生了错觉。她的衣着也让她显得倍加年轻。她的连衣裙尽管是昂贵的金丝材质,但半长的剪裁和运动的样式却是少女气息十足。

这女人总有些不对劲儿,罗伊一边想着,一边偷偷地看着她。"别有韵致,不是吗?"帕特森问道。"我认识的您可不是这样的!罗伊!在伦敦时对女性充满敌意,在这里没多久就被德泰和奥尔加·杜兰德迷得神魂颠倒!"

"这位太太叫奥尔加·杜兰德?"罗伊观察着她慌乱紧张的手势,觉得这女人身上一定有什么秘密。她对周围的人隐瞒了什么,不想把真实的一面展现出来。

"是的,这是杜兰德夫妇。丈夫是法国人,但是已经在这里待了差不多二十年了。富得流油,是个银行界的大亨。太太是个俄国人。听人说,太太在结婚之前过得好像不体面。不过谣言那么多!不管怎样,她都是上海最优雅的女性之一。"

"杜兰德夫妇应该也过着宾客满盈的豪华生活吧?"

"那还用说！"

"您有没有受到过邀请，帕特森？"

帕特森笑了，"哈！原来如此！您也想——"

罗伊点点头。

"这好办。这儿的人彼此间太过熟悉了，反而很乐意看到新的面孔。您跟我来，我这就将您介绍给那位太太。"

罗伊在对着这位美丽的女士说着恭维的客套话时，嘴角虽然微笑着，那双疑惑不解的蓝眼睛却严肃地盯着她闪烁不定的双眼。他想，每个人都应该能注意到这个女人的神经质。她那张无忧无虑、热爱生活的面具之下掩藏着恐惧和不安。过后，他小心翼翼地同帕特森谈起他的印象，帕特森却惊讶地说道：

"这里所有的白人女人都神经质。她们就是没法适应这里的气候，许多带着孩子回家乡了，只剩下丈夫留在这里。我觉得奇怪的是，为什么杜兰德太太现在还没去山里。他们在那儿有一栋绝好的宅子，夏天也凉爽宜人。也许她不想让丈夫一个人留在这里吧。"

"这两人如此相爱？"罗伊问道。

"不一定要相爱才会心生嫉妒。杜兰德爱慕美丽的女性，太太担心出现情敌也不奇怪。毕竟她也不年轻了。杜兰德要是认真起来，可以找到足够的理由来离婚。离婚之后，杜兰德也许还会承担她的赡养费，但她在社交场上的地位就一去不复返了。"

罗伊若有所思地凝视着前方，这一天中没有再提到杜兰德夫妇。

杜兰德太太举止怪异

宽阔的跑马场在午后的阳光下青翠欲滴。风向转逆,吹走了前几日让罗伊一举一动都备受折磨的潮湿和炎热。他呼吸起来顺畅多了,开始觉得上海也是一个可以忍受的地方了。

罗伊发现,帕特森前一日给他介绍过的德泰的客人,差不多都来了,在跑马场上汇集起来。奥尔加·杜兰德也来了,但是她丈夫却没来。奥尔加·杜兰德身穿紧身的象牙色山东绸骑马服,头戴一顶搭衬的帽子,遮挡着她那张迷人的脸庞;领口上一朵红色绸花是身上唯一鲜艳的色块。

罗伊注意到,她对马匹并没什么兴趣,对她而言,骑马不过是个不得不出席的社交活动罢了。因此,在她跑了两圈之后就离开她的朋友们,悄悄向出口踱步而去时,罗伊也并不感到奇怪。骑马的时候,他让她领先自己好一大截,好从后面观察她。他注意到,她有好几次装作漫不经心的样子向四下里张望。这种着意而为之的心不在焉让罗伊决定偷偷地去跟踪她。

她钻进一辆时髦的小轿车内,打算自己开车;罗伊担心自己不能够及时地钻进自己的车里。但是杜兰德太太过了几分钟之后才启动开走。

她的车子在宽阔繁华的商业大道上行驶不到五分钟就拐入

了侧边的小巷。又拐过一个转角后，罗伊诧异地发现，他们的不远处就是中国城。奥尔加·杜兰德一个人在这里做什么？她的敞篷车在一条僻静的巷子里停了下来，罗伊也在临近的一条街道上停下车来。他停好车，正想向那个美丽的女人望去，而她却正好紧挨着他走了过去。他几乎没认出她来。现在他总算知道，为什么她在跑马场上过了那么久才发动汽车。她浅色的骑马服外罩着一件深蓝色的宽松大衣，头上戴着一顶样式简单的帽子，脸上蒙着一层厚厚的短面纱。

她坐上第一辆最好的黄包车；罗伊叫来一个苦力，用手势指使他跟着那位女士。那个中国人礼貌地咧着嘴笑着，但却没能理解罗伊的指示；看到钱币之后，他脑袋才终于开窍了。他抬起两根车杠，飞快地追着第一辆黄包车跑去。

街巷变得越来越狭窄，到处悬挂的招牌旗让原本就狭窄的街巷更显得逼仄和令人窒息。罗伊用手帕捂住鼻子，因为这里的恶臭实在令人难以忍受。到底是什么事情让这养尊处优的女人非得到这种地方来？

那苦力跑进一个巷子里，突然停住了。他把脸转向罗伊，表达了他的担忧和惊讶。巷子里看不到一辆黄包车，奥尔加·杜兰德也不见踪影。罗伊打量着四周，感到毛骨悚然。她真的走进了这周围某间可怕的房子里吗？他下了车，指示苦力等在原地。他有些犹豫地走到下一个转角处，眼前是一条条纵横交错的小巷。一开始他还想等着，但他马上就明白这是不可能的。乞丐、孩童和狗一齐向他围拥过来。他用力地挣脱他们，回到正在等待的苦力那里。他骤然停下脚步，匆匆弯腰拾起了一个闪闪发光的东西，没来得及细看就塞进了口袋里。

"去外滩!"他下令道。他们出发一段时间后,他才从口袋里掏出刚才捡到的东西,拿在手里偷偷地观察起来。这是一个金色的粉盒,圆形的盖子上镶嵌着排列成字母"O. D."的珍珠和宝石。一定是杜兰德太太匆忙从口袋里拿钱给苦力时遗落的。这么说来,她的确走进了其中的一间房子。她的秘密跟乔治·莫里斯的死有关吗?思量片刻之后,罗伊决定继续追查这条线索。莫里斯在她的圈子里活动过,他必须关注一切不同寻常的事物。这个小小的粉盒是个宝贵的发现,他会充分利用好它的。

*

这一天的晚上将近八点时分,罗伊来到杜兰德夫妇位于法租界的住宅前。房子的四壁是灰白的颜色,闪着亮光;前院的花园显然经园丁精心打理过。罗伊将眼前宁静雅致的街道同吵吵嚷嚷、臭气熏天的中国城小巷做了一番对比。他摇了摇头。杜兰德太太说不定已经回到这里了?她丈夫肯定对她不同寻常的外出一无所知。那些地方,她本来只应该在传言中有所听闻才是。

杜兰德夫妇一同在露台上接待他。其他的客人还没到,这让他感到很高兴。

罗伊发觉这对夫妇间气氛紧张,两人似乎刚刚争吵过。杜兰德太太穿着一条拖地的红色丝绸家庭礼服。看来,她无论如何还是有时间换身衣服的。

罗伊微笑着拿出那个粉盒,默不做声地递给了杜兰德太太。她立刻眼前一亮,但随即又垂下了目光。她犹豫片刻后,接过了金色的粉盒。

"哦！我还没开始想念它呢。谢谢您，罗伊先生！"她轻声说道，不安地转动着手上的粉盒。她好像在回忆自己是在何处遗落了这珍宝的。

"我总是说，亲爱的，你对待你的东西太大意了！你丢了珍珠、戒指，我害怕你有一天连脑袋也丢了！"杜兰德说道。

她的脑袋早就丢了，罗伊想道，但是这个不知所措的女人让他心生同情。所以他才会帮助她。

"赛马后，大家都蜂拥着挤向出口，太太一定是在那时丢了这粉盒的。"

"您在赛马时见到我太太了？"杜兰德问道。

"当然了。"罗伊说道，显得有些惊讶。

"结束的时候她把这个——"他指着那个粉盒，"落在了那里？"

"你都听到了，就是这样的！"杜兰德太太不耐烦地叫道，随后大笑起来。她的丈夫好像感到如释重负。他已经觉察到太太对自己有所隐瞒了吗？罗伊来之前，他是不是正因此而责备她呢？如果是这样的话，那么在赛马场上找到粉盒正是杜兰德太太想要的托词。罗伊猜测，杜兰德太太从此刻起，将对他十分友好，因为他，尽管她认为他并不知情，但也给她解了围。

"我们去俱乐部吧！"她高兴地喊道，"罗伊先生也一起来。"

尽管杜兰德更愿意待在家中，但还是让步了。奥尔加迅速换了件衣服，他们一起开车来到正在举行夜间舞会的俱乐部。

罗伊在跳第二支舞的时候采取了攻势。他的目光越过女伴秀美的头颅，看似不经意地说道：

"我可怜的朋友乔治肯定也是这里的常客。"

她沉默了。她的身体在他的怀中瞬间僵硬起来，但马上又放松下来。

"您说的是乔治·莫里斯？"

"是的。"

"可怜的乔治！他在这里的时候那么受欢迎。"

"他好像很喜欢待在上海，临死之前还让我问候他在这里的朋友。也包括您，太太。"罗伊撒谎道。

"我？"她马上问道，显得十分惊讶，"他特意提到我的名字了吗？"

罗伊注意到自己犯了一个错误。

"那倒没有——"他小心地说道。

"这样的话，他指的应该是另一个人——德泰。"

罗伊的眼前清晰地浮现出米丽娅姆·特里的身影。他一定要了解更多。

"他有可能指的就是德泰。您知道吗，他就算没有过世，也会离开上海的？"

她露出了让人猜不透的微笑。

"这我可不信。"

"但他的未婚妻在伦敦等着他。"

"啊，伦敦！乔治要是好好活着的话，肯定会待在上海的。"

"您对一个绅士应有的责任感真是见解独到。"罗伊有些恼怒地说道。奥尔加瞪大了双眼望着他。

"您见过德泰了还这么说？"她低语道，"她把所有的男人都迷得神魂颠倒。如果我说得没错的话，罗伊先生，您也有些被她迷住了。"

"我承认,我对这个独特的中国女人很感兴趣。"他笑了。"但是——"

"啊!您可别说什么'但是'!每个人一开始都这么说,但这'但是'不知道哪一天就消失了。"

音乐停止了,罗伊将杜兰德太太送回她的座位,然后走到前厅去做笔记。

他还能认得到奥尔加停下车来的那条死胡同之前的路,但后来他坐上了黄包车又往巷子深处走了好久。他吃力地拼凑着从死胡同到他找到粉盒的那个地方之间的路线。一种极度急躁的情绪包围着他。他应该冒一次险吗?晚上要比白天不引人注目些。

一只手落到了他的肩膀上,他看到了帕特森那张笑盈盈的脸。

"怎么——一来就成为女士们的人造卫星了?"

"错,帕特森!我跟女人们打交道是另有目的。您今晚敢不敢跟我外出一小趟?"

"敢不敢?"帕特森重复道,"这么说是有危险了?"

"几乎没有。但是不管怎样,我要去的是中国城。我今天下午曾经在一栋房子前站过,我一定要再找到这栋房子。"

"您真认为您无所不能啊。在那种房子扎堆的小巷里,陌生人根本毫无头绪。"

"不是的!我有几个线索。不过您要是不愿意的话,我就一个人去碰碰运气。"

"您等等。有人看见我了,我至少得跟杜兰德打个招呼。"

罗伊令人拿来自己的衣帽时,帕特森就消失了,不过他遵

守了自己的承诺,几分钟后和罗伊一起离开了俱乐部。

"杜兰德太太今天的妆特别漂亮。"帕特森说道。

"她完全有理由。"罗伊咕哝道,但却没说出粉盒的事。也许这件事情完全是奥尔加·杜兰德的私事,如果是这样的话,他不想在背后议论什么。

*

罗伊吃力地认着路,直到他在一个角落里站住不动。

"就是这里。"他确定地对帕特森说道,指了指一面特别狭长的招牌旗。这面白、黄、鲜红三种颜色的旗子在昏暗中来回飘动着。

"现在怎么办?"帕特森问道。

"我能找回原来的路就满足了。我现在完全记住了。"

"您今天真的已经来过这里了?"

"是的。我来到这里是意料之外的事。"

帕特森轻轻地笑了,"为什么这么神秘兮兮的?我可是来帮您的。您不告诉我,我怎么帮您呢?"

"现在做出怀疑还太早了。时候到了您一定会参与进来的。这点您可以对我放心。我——"罗伊跳到一边,深蹲下来。一块石头落在他身边的地上——又一块。"你个死白佬!"黑暗之中传来了嘘声。罗伊弯腰走到另一个角落,然后站起身来,等着帕特森来接应他。

"该死!"帕特森气得咬牙切齿,"我真佩服您的镇定!差一点儿就出事了。"

"您在这里还没被人扔过石头,叫过'死白佬'吗?"罗伊问道。他一如往常一般步履轻快,看起来丝毫不担心,但他的各个感官却高度紧张,低垂着的双手随时准备出击。帕特森快他一步走在前面,目光投向前方,一副不指望能走出这个阴森恐怖之地的样子。

罗伊突然一个急转身,拳头已经落在一个中国人的下巴上了,那人没声响地瘫软在地。一把锋利的三刃尖刀从他宽大的袖子里掉落下来。罗伊弯下腰,眼睛一刻不停地打量着四周,把刀收进衣袋里。

"您还会拳击?"他们已经安全地走在最先看到的几条法国街道上时,帕特森诧异地说道。

罗伊没有回答,还沉浸在思考之中。他急迫地想要将发生过的事情在脑中梳理一遍,因而告别了他的同伴,坐上了一辆黄包车。他建议帕特森也赶快回到家中。但帕特森却还想回到俱乐部去,或许是想要在轻快的舞曲中驱赶这一夜遇上的邪恶幽灵。

*

尽管罗伊到家时早已经过午夜了,但詹姆斯还在等着他。
"先生!我就知道,您不会有事的!"
"虽然时间不早了,但也没必要大惊小怪的,詹姆斯。"
"我本来是不担心的,但是之前有个中国人到这儿来,想要用黄包车载着我去找您。"
"什么?什么时候的事情?"

"晚上快九点的时候。我当然猜到那人在撒谎。他想把我骗走,也许是想谋害我,或者是想闯进家来,又或者——"詹姆斯想到这个人可能的恶行,害怕地说不出话来。

"你怎么回答的?"

"我把他硬拉进房间里,指给他看我们的电话。我告诉他,这是个有魔力的东西,我可以用它来随时呼叫我的主人;像他这样说谎话的小毛头主人才不会雇用。然后我就把他扔出去了。我还没见过哪个苦力车夫跑起步来是像这个小子那样的。我们的仆人鬼鬼祟祟地四处游荡,斜着眼睛看我,还以为我看不见。平时这些人总笑嘻嘻的,很友好,实际上都是骗子!绝对是骗子!我一生气把他们全给开除了。他们的工钱我当然是付了的。没人可以越过我走进这个门槛!"

罗伊惊讶得一下子说不出话来。

"詹姆斯,你很机智,没有上那个人的当,但是开除仆人这件事……"

詹姆斯把脚一跺。

"我不想再看到他们了,先生!这些人简直让人无所适从!"

他把罗伊领到门口,自豪地让他看两根粗大的门闩。"明天我们住的四个房间就会装上栏杆,其他的我已经锁死。我们必须有所防范,空气里已经有些预兆!"

罗伊盯着他的仆人,这个高大的金发男人在他面前站了起来,怒不可遏。他已经感觉到在暗处潜伏着的危险了,他性格耿直,因此只会用公开的方式应对这种危险。

"也有些无赖是白人,詹姆斯。"罗伊安慰道。

"没错,先生。但是白人我看得透,中国人,我不知道他们到底在想什么，个个都好像戴着个面具。"

"这样吧，我还要工作，你可以收拾一下睡在我卧室旁边的小房间里。晚上把连接两个房间的门打开。"

詹姆斯松了口气，有些不好意思地离开了。罗伊一边抽烟一边绕着宽大的桌子踱了几步，然后坐了下来，拿出一本防水布面的笔记本。他不一会儿就写满了一整页纸，用的是速记的方法。即使十分微小的细节他也每天都记载下来。这个习惯在他有一次同苏格兰警局合作时已经帮到过他了。在那个案件中，他们想要抓住嫌犯的罪证；罗伊借助笔记回顾了事件的整个经过，最终将罪犯绳之以法。

罗伊打开了最后一页，速度缓慢地写下了四个死者的名字。他没将律师算在内，所以是乔治·莫里斯、威尔斯、罗伯特·龙和雷金纳德·伍德爵士。

他们有什么共同点呢？

四人都很年轻，相貌英俊，出身望族。

罗伊手中的水笔在空中停顿了一会儿，又接着补充了第四点：生活优裕。

他将两手埋进头发里，直勾勾地盯着写满字的纸页。动机，谋杀动机！他要是知道就好了！为什么他今天在中国城受到了威胁？仅仅因为他们认出他是白人，而且他们憎恨白人？或者是因为他们想要抢劫他？

罗伊又给帕特森打了个电话。他已经回到家中，没什么特别的事情要报告的。他没再遇见杜兰德夫妇。罗伊叮嘱他一定要多加小心。打完电话后，罗伊头痛欲裂地躺倒床上，直到天微微亮时才浅浅地睡着了。

苏格兰警局的工作

格兰督察不得不承认,他在 H. G. 米尔斯之死的调查上陷入了死胡同。谁能从律师的死亡中获得好处这一问题的答案显而易见,一定是那个害怕律师公布与乔治·莫里斯之死相关信息的人,这个人现在大概很安心。

但是这个人是谁呢?他藏身在何处呢?

苏格兰警局庞大的档案室,门槛都被踩断了。这里可以找到关于所有犯罪案件的详细记述,并佐以丰富的图片资料。尽管如此,但却没有一个同莫里斯、威尔斯、龙和伍德的案件相类似的恶性谋杀案件,H. G. 米尔斯的谋杀案也被证明没有先例。

第二个问题:谁能从这四个年轻人的死中获利?格兰不断证实自己的发现,嫉妒和贪婪是谋杀行为的两个主要动因。不过,他并不仅仅将第一个动因与恋爱相联系,还将其与人生中的各个方面相联系。但就这个案件看来,嫉妒这一动机恐怕可以排除。谁会就为实现一个目标而在这么长的时间里杀死四个敌手呢?

只剩下贪婪了。推断到这一步时,格兰不再感觉自己的思绪在原地转圈了,他相信这是一个很好的入手点。

上海来的电报证实了他的想法:"您也注意到了吗?四名

被害者均来自于富豪之家，他们或许还拥有自己的财产。继承人是谁？"

格兰于是查出了蹊跷的情况。莫里斯、威尔斯、龙和伍德的家人均称这四个年轻人拥有一大笔自己的财产，但是死后却消失不见了。

督察最后拜访了乔治·莫里斯的父亲。尤其是两人的这次见面，几乎确定了谋杀的动机就是贪婪。

"是的，"莫里斯先生说道，"我儿子虽然还不到三十，但照常情判断，他这一生都无需有经济上的担忧了。我太太唯一的兄长在布宜诺斯艾利斯生活。他那时还单身，乔治在他那儿待过一年，他很惦念乔治。妻舅来英国时，一定也是我儿子相伴左右的。因此，妻舅的兄长大约四年前过世后，他就将乔治指定为单独继承人了。一开始时，我儿子会在金钱和生意方面征询我的意见，但可惜后来就自己决定了，因此……"莫里斯先生沉默了。

"因此什么？"格兰追问道，"他遭受损失了？"

"应该是这样的，因为——他的财产几乎没剩多少了。阿根廷的生意是借助境外资金，尤其是英国的资金运转的。我妻舅的财产基础是油井，乔治倒是没放弃油井，他们现在是我的财产。"

"其余的都——"格兰做了一个拂拭桌面的动作，莫里斯不语，点了点头，"他有没有可能一个人将这么多钱——"他还没说出"花完呢？"就被打断了。

"不可能！但是有一大帮子的人会帮着他花的。"

"您儿子应该有一个理财顾问吧。"

"这话说得不对,因为他不想别人给他出什么主意。但是米尔斯律师帮他处理过很多事物,而且不止一次来拜访我,请我阻断儿子巨大的花销。但我什么也做不了。作为独子,乔治一直被溺爱。他成年以后,这种错误的教育造成的后果已经无法逆转了。让我安慰的是,他与米丽阿姆·特里订了婚。我们还住在伦敦的时候,她对他产生了正面的影响。他尽管赛马,大手笔地资助体育协会,资产盈利得来的钱总是不够用,但是没有毫无意义的挥霍。"

"您刚才说的是——他在伦敦居住的时候。他是到了上海之后花销才大大增加吗?"

"是的。他在中国买了一艘豪华游艇,当时应该有很多好朋友帮他把钱给挥霍掉了。"

莫里斯先生是个很能自我克制的人,但是格兰看得出,要让他冷静地答复这些问题是多么的困难。他的声音痛苦地颤抖着,目光大多时间都低垂着,好像意图掩藏模糊了双眼的泪滴。

"大概没有遗嘱吧?"督察探问道。

"没有。这也很好理解,尽管我儿子病重,但他那么年轻,自然不会想到死亡。也许他在死前不久才意识到病态严重,到那时候已经太晚了,来不及写下他最后的遗愿了。"格兰已经知道得够多的了,所以不想再折磨这个已然心碎的人了。他站起来。

"莫里斯先生,我的问题自然是有的放矢的。尽管有些蹊跷,但是实际情况就是,威尔斯、罗伯特·龙和雷金纳德·伍德爵士也有一大笔自己的财产,死后也都几乎没剩下什么。这些人都大意得令人费解,而且偏偏都是在上海染上了大手大脚挥霍的恶习，是不大可能的。"

"您认为是——勒索吗？也许有人在上海通过某种方式控制住了我的儿子，向他勒索？"

格兰轻微地耸了耸肩："我们会查明发生了什么事情的。可能真的是勒索，也可能是其他情况。年轻人在那里可能会受到令人自甘堕落的影响，或者——我也说不出确切的东西来。"

他们彼此用力握了握手之后，格兰就一边思索着，一边走下了台阶。走到街上时，他迟疑地停了一会儿，然后上了一辆前往米丽娅姆家方向的公共汽车。

*

格兰又被带进了音乐室里，他第一次前来拜访特里一家时就是在音乐室里，所以认得这里。上一次他记录下了莫里斯在上海的熟人的姓名，他的目光在此过程中不止一次落在那个与死者真人头颅大小一致、出奇充满活力的肖像上。这幅画本来挂在侧窗上方，到这一天，格兰却在那个位置找寻不到它。米丽娅姆将它移到自己的房间去了吗？这个年轻的姑娘走了进来，脸上一如既往地带着那种可爱可人的、令人倾倒的友好神情。

"督察先生？您来得刚好，我正要出远门，明天一早我就出发去中国。"

"什么？"格兰的目光移到侧窗上空出来的地方，米丽娅姆脸红了。

"为什么?"他不由自主地问道,当她沉默时,他补充道:"这当然与我无关。"

"您这么问很正常,督察先生。"

"您认为我们不会成功?所以想要亲自去上海查明真相是吗,特里小姐?"

"我不会参与我一无所知的事情,但是我内心感到不安。我一睡着,就被噩梦纠缠。"她的嘴唇开始剧烈颤抖,以至于没法继续再说下去。

"那么说,不为您未婚夫复仇,您就没法安心了?"格兰问道。

"不是,"她快速回应道,"我不是为了这个才要去的。但是我不希望还有人陷入危险之中,我不愿意!"

格兰将椅子往她那边拉近一点儿,用探究的目光看着她。

"约翰·罗伊?"

米丽娅姆点点头。"我只跟他说过一次话,但他要是真有什么不幸,那就太可惜了。"她的蓝眼睛黯淡下来,接下去说道,"他那么目标坚定,既有男子汉气概,但又感情细腻。您认识他,格兰先生,肯定也对他形成了一定的评价。"

"她爱他!"格兰震惊地想道,一边搜寻着话语。

"我赞同您所说的关于罗伊的一切,特里小姐。他是一个不可多得的人。"

"就是啊!"她的眼睛里放射出光彩来。她还不知道,尽管她内心不承认,但她心中隐秘的情感已经暴露了她,"您看,为了解开谜团,他不得不生活在乔治,或许还有威尔斯、罗伯特·龙和雷金纳德·伍德沉沦堕落的圈子里。所有这四个人曾经都是健康的年轻人，后来都步入了歧途。有时候我会想，异国的影响太强大了，也许罗伊也会成为它的牺牲品。"

"我亲爱的特里小姐，在这一点上我确实能让您放心。我们每周都会收到两封罗伊的详细电报，这些电报表明，罗伊将他所生活的环境看得十分透彻，恨不得今天就回到伦敦来，一天都不想耽搁。"

她的表情在听到他的话后就发生了变化，十分动人。格兰觉得，他还从来没见过这么美丽纯洁的少女脸庞。

"我很好奇，"格兰又说道，"您刚才说，这四个年轻人都误入歧途了？"

"我不小心听到了父亲和莫里斯先生的对话。父亲不知道我离开家后，在街上看到莫里斯家的车后又回来了。我想到这个房间里跟老先生问声好，他们正好在谈论乔治和我。我不由自主就站在窗帘后面偷听了。真可怕，不过也好，我对乔治再也没有什么幻想了。"

"为什么莫里斯先生要对您父亲说这一切呢？"

"爸爸好像曾经借钱给他，莫里斯先生想来解释，为什么他尽管拥有了乔治的那一大笔财产却还是没法还清欠款。因为那笔财产一点儿都不剩了。"

"我明白了。"

"啊！这事儿已经在伦敦传开了吗？还有他同上海社交圈中一个名媛之间的——友谊？"

"没有人谈论这些事情，特里小姐。我是从莫里斯先生那里知道这一切的。因为他说不出他的儿子到底将钱花在了哪里，我才来找您的。我本来以为，您也许——"

"我什么都不知道!"米丽娅姆打断了他,"您明白吗,就算乔治一分钱也没有,一开始就一贫如洗,我也不会在乎的。但我是决不会把自己托付给一个在败坏的社交圈中把自己的财产挥霍得精光的男人的。如果一个女人不得不怀疑她的丈夫,总是生活在不安中,这真是太可怕了。一个男人应该是一个支柱,让人可以绝对地信任他。"

就像信任罗伊一样,格兰想道。他高声说道:

"特里小姐,请您别去上海!"

"我还要飞过去呢!您说起话来就跟麦克罗宾森一样,知道我想去中国就激动起来。"

"那是自然!罗伊将十分担心您,害怕您遭遇什么不测,他的工作也会因此加倍的。"

"毫无根据!我会发生什么事呢?我又不去追踪犯人,而只是想——是,我就是想去一趟上海,没别的。"

格兰站起身来。

"但愿一切顺利。我很担心,特里小姐。"

"真的吗?"她真诚地问道,一边将一只手递给他,"我会毫发无损地回来的,格兰先生,我敢肯定!"

格兰在门口遇到了米丽娅姆的父亲,他刚刚开车到门前。

"督察先生,请您说说这姑娘,她竟然要去上海!"

"我刚才试过劝她改变主意了,可惜没有用。"

"要是她知道,乔治·莫里斯根本不值得她那样为他奔劳就好了。但我不能告诉她,虽然她自然为他的死而伤心悲痛。他要是还活着,我知道了关于他的一切事情之后是绝不会把米丽娅姆嫁给他的。您已经知道了吧,格兰先生?"

"是的。但是我们不想太早下定论。也许上海调查的结果会披露出一些让人可以原谅年轻莫里斯的事情。"

"我不知道还有什么事情能够改变我对这个年轻人的看法。"特里冷冷地说道,走进了房中。

发生在青岛的一桩离奇盗窃案

胶州还是德国租界的时候,有人在青岛创建了德国医院。医院在日本人占领时期仍然大受欢迎;直到1922年胶州回归中国时,医院也没丢掉过去的好名声。

贝尔格教授既是医生,也是研究者,他为他的抗癌科室赢得了盛名。尽管他在青岛已经生活了三十年,但一直同欧洲,尤其是他的祖国德国保持着联系。他通过专业杂志和专著,准确地了解到那里的诊所和机构里的动向。除此之外,他还与许多欧洲学者保持着通信。

病人和实验室如此需要他,因而他就算是完全沉浸在工作之中也是可以理解的。但他不是那种与世隔绝的学者,因为他的精神太过多面和活跃了。

实验室位于医院侧翼的底层,里面有一个几乎呈直角的扩建小房,由大块的方形石块砌成;窗户很小,装了确保安全的铁护栏。人只能从实验室进入其中,而且是通过一扇安装了十厘米厚铅板的低矮铁门。这个难以入内的空间里放置着医院珍贵的财产——镭。摆放镭的容器牢牢砌进墙里,打开容器门,可以看到内部也装配了厚厚的铅板作保障。容器里有十个不起眼的小铅盒,每个铅盒通过一道墙壁与另一个隔开;盒子中的每个铅栏里都有一枚铂金针，里面熔铸了千分之一克的镭。

这些铂金针被用来刺穿恶性肿瘤，或者用于促进细胞再生。尽管有些病例在治疗中失败了，但是贝尔格教授已经获得了许多成功的案例。除此之外，医院还有两个小试管掺杂了镭元素的水晶微粒。这是痊愈的富人为表示感激捐赠给医院的。

贝尔格在这天打开了容器的门，一只手正要拿起镊子夹取一根针，却又无力地垂落下来。他面前摆着九个盒子——九个，不是十个！他诧异于自己竟如此镇定，第一时间锁上了小房间的门。一枚铂金针不见了！这跟六年前的情形如出一辙。那时候，他们借助警方，动用了最先进的探测仪器试图寻找那根针，但却白费力气。那根针到现在也没出现。

贝尔格摇了摇头。怎么可能有人闯入小房间里呢？铁门的钥匙构造复杂，只有一把，他一直带在身边。实验室的防盗设施也做得很好，而且打扫卫生也必须是当着他的面。窃贼是谁？他拿走一枚镭针，到底想做什么。这种东西私下里也不容易转手，因为这种珍贵的元素世上少有，总量只有700克或稍多一点儿，人们对它的分布也了如指掌。

一个难以抑制的念头催逼着他来到摆放杂志的书架前。他用激动得发抖的双手取下一本英国医学杂志的最后几期；他翻找着，直到找到那篇文章。

教授又快速浏览了一遍那篇文章，以帮助自己回忆。他的一只手一直按在电铃上，直到迪伦小姐走进房间里，才松开。

她苗条的身材裹在一件白大褂里。她在这家医院工作了不下十年，已经成为教授不可缺少的助手了。

她诧异地盯着他看，而他则抓住她的手把她拽到铁门前，

打开铁门,又将石砌小房间里盛放镭的容器打开。

"您自己看吧!"

"只有九个了?怎么回事?有一个——没了?"

"无踪无影!就像六年前一样。您还记得吗?那时候,我们担心那根针掉落在某处,不安全,可能会有危害。几个月之后,我们中没有人健康状况发生变化,我们这才安下心来。这次也是一样的情况。也就是说,我现在了解得更多了。"

他又回到办公室里,将那本杂志递给她。

"您读过这篇文章吗?"

她默读起来,"这跟那根针有关系吗?"

"我也是猜测。虽然有些事情我还没弄明白,但是文章提到的这四个英国人死于类癌的肝脾组织变异。他们对乔治·莫里斯进行了解剖,发现了类似灼烧的痕迹。所有这几个人都曾在上海生活,也是在那里染上了这种怪病——因为我们的镭针!"

"但是教授!"

"没有但是!我觉得我的思路是正确的,迪伦小姐。所有一切都是恶意谋划好的,但实在是太不可思议了。那个恶徒,有镭针在手中,就能无声无息地杀人。但是他犯了一个大部分罪犯都会犯的错误,他太过于有恃无恐了。不仅仅是因为他在几年内就谋杀了四个人——也许还有更多受害者,只是我们不知道——不对,他又偷了第二根针。"

"可是,他是怎么把针带到受害者身边的?"

"这对我来说也是个谜。他是怎么让这四个年轻人将针带在身边的?"他沉默了,思索着,"您肯定能够想到,经过几个小时或几天的影响,已经形成了一个不可治愈、不断恶化、扩散蔓延的伤口了,就算现在将针从受到影响的位置挪开,也已经无济于事了。——您要是考虑了所有事情的话,恐怕也会觉得这个想法并非不合情理?像被闪电击中一样,我突然明白了。我看到那些铅盒,立刻就想到那篇关于四个英国人离奇死亡的文章,当然,我之前心里就十分挂念这篇文章。"

教授检查了门锁,并没有被损毁。

"所有的门都一如往常,锁得好好的。"他转向他的女同事,"钥匙在这里。奇怪了,这个安全锁相当复杂,窃贼是怎么打开的呢?在此之前又是怎么打开实验室门的呢?"

"也许用的是您的钥匙,教授先生。"

"没错!我睡觉很沉,有人从床头柜拿走钥匙串也不是不可能的。"

"您确定您是锁着门睡觉的吗?"

"确定。但是窗户是开着的,如果有人想要闯进来的话,纱窗网根本构不成阻碍。毕竟,我的房间在第二层楼。"

"窃贼可能不是从下面爬墙上来的,而是从二楼的另一个房间进入您的房间的。他只需要侧着身子,顺着墙壁就能够摸过来,这对一个身手敏捷的人来说应该不是什么难事,因为墙上有足够可以攀附的支点。"

"还要简单!他可能是从三楼顺着绳子爬下来的。看起来,我们至少一致认定,那家伙就在医院的围墙之内。有谁是六年前就在我们儿的?毫无疑问,两起盗窃案都是同一个人所为。是一个伪装成病人的人溜了进来?某个医院职工?我指的不是同我合作密切的同事,"他赶忙说道,"而是那些打扫医院

的人。"

"这个案子中，镭针一定是给另外一个人偷的，因为一个不知情的人拿它也做不了什么。"

"是的。针被带到上海，因为那里是这些神秘病例出现的地方。"贝尔格又把那份杂志举到面前，在文章中搜寻麦克罗宾森的名字。"有两个病人曾在他的诊所中接受过治疗，"他说道，"罗伯特·龙和乔治·莫里斯。所以，我要给麦克罗宾森写封电报，让他知道在伦敦该做些什么。"

"我们应该叫警察来。"迪伦小姐插话道。

"也好，不过就像六年前那样，他们也不能帮上我们什么忙。"

他来到自己的卧室，房间刚刚被打扫过。如果真有人在夜里以不寻常的方式闯进来过，现在也无迹可寻了。

可怕的武器

布朗博士浏览了送来的信件,也拆开了写给他上司麦克罗宾森的信,因为教授出远门了,他坚持要陪伴米丽娅姆到巴黎,在那里帮她确认好飞往上海的漫长旅途中的各段航线。对此,布朗没说什么,但他也有自己的想法。麦克罗宾森是个单身汉,他对美丽的米丽娅姆的兴趣也不仅仅出自父性。他是不是还存着些希望呢?说到底,这跟他没什么关系;每个人都应该独自处理好自己的私人生活。

他正要离开房间,青岛的电报就来了。布朗看了一眼寄信人——贝尔格,德国医院,然后打开信封,把信从头到尾读了两遍。三分钟后,他已经在去警局的路上了。

"您一定给我带来了些新消息。"布朗风风火火地走进来时,格兰说道。

"是的,督察先生。我确信我找到了谋杀的凶器。请。"

他将贝尔格的信扔到桌子上,格兰快速在字里行间浏览着。

"该死!如果这些都是真的话,那么那真是一件可怕的武器。您认为这里的分析是正确的吗?"

"我对此毫不怀疑,督察先生!我们现在知道凶器是什么了。不甚明了的只是,四名死者怎么会将针带在——"他拍了

拍腹部右侧——"这里？如果有人偷偷将针缝进西装里的话，是能够感觉出来的。另外，谋杀犯也不会直接对他们说——这儿，您必须把针带在这个部位。这实在是——"

"等等！"格兰打断了他，把手伸进西装右侧口袋，将烟盒扔到桌子上，然后走到布朗身边，伸手检查他的口袋，但却空着抽了回来，"您不抽烟？"

"抽。"布朗惊讶地说道，怔怔地看着格兰，好像突然有些怀疑他的判断力。

"好吧，您的烟盒放在哪里？"

"我没有烟盒。"他从左边口袋里拿出一包香烟，脸上随即露出喜悦的神色，"现在我懂了。"

"原来如此！您为什么不把香烟放在右侧？"

"因为我是左撇子。"布朗说道，"但是莫里斯、威尔斯、龙和伍德都有可能是正常的右撇子。"

"不无道理。等等。"

格兰让六个警员和他的同事阿德尔进来，全部检查了他们右边的衣袋，只有一个人拿出了烟盒，其他人的香烟都放在原有的包装里。格兰让除阿德尔以外的人都离开了，然后简短地向他那烦躁不安的朋友解释他们刚刚的发现。

"有没有可能将一根镭针隐藏在一个烟盒之中呢？"

"当然，"布朗说道，"只要能够劝服一个人总是带着这个烟盒，可怕的效果立马就会出现的。"

"也可以把它送给别人，女人们就喜欢这样。"格兰沉思着说道，"或者当事人自己有烟盒，凶手让人伪造了一个，将无害的烟盒换成了致命的。也许凶手将烟盒偷走一段时间后，告诉主人烟盒又找到了，并还给了主人。这样的可能性多不胜数，但很可能的是，那些年轻人因此而将致命的镭针几乎随身带着。当然了，晚上除外。"

"使用得当的话，镭辐射是一种很好的治疗手段。作用时间太长的话，就会不可避免地发生癌变现象。我也认为，督察先生，您方才的思路是正确的。"

为确认情况，格兰又给莫里斯先生、威尔斯夫人以及龙和伍德的亲戚打了电话。他由此确认，这四个年轻人个个烟瘾都很大。

督察当着布朗的面口授了一封给约翰·罗伊的信。因为这一重大的发现，他完全忘了告知罗伊米丽娅姆出发去中国的事情。格兰口授完后，问布朗道：

"教授为什么不来？青岛来的这封信不是写给他的吗？"

"他人在巴黎，安排特里小姐安全地上路。"

督察先是吃惊地看着他，然后两人都微笑起来，彼此心照不宣。

布朗正要转身离开。"您的推理天赋真让我佩服。"他对格兰说道，"现在案子侦破起来就简单了，又或者，走到下一步还是不那么简单。"

格兰将贝尔格的信还给他，用左手拍了拍信封。"请您好好谢谢他，布朗先生。要是青岛的那位教授没有联想到自己工作以外的事情，谁知道我们能不能想到这些镭针上。如果我们成功抓获了罪犯，那这个人的功劳可不小。"

"这我早就想说了！"阿德尔强调道，眼睛盯着格兰的书桌，"如果一个上司叫来他的下属，拿走了他们几包香烟，然

后又让他们走了,这种行为我们叫什么呢?该受到何种处罚呢?档案室里会不会因此而多了一桩先例——"

他的朋友先是不解地看着他,然后大声笑了出来。

"我的天!我忘了归还他们的个人财产了。"

阿德尔让所有人再次进屋来,将每个人的香烟还给他们,严肃地解释道:

"这个是实验,先生们。"

"极乐金门"

约翰·罗伊觉得自己的处境很可笑。他留心帕特森的安全,帕特森也注意着他,而詹姆斯没法不担心所有人的安危。罗伊觉得自己面前立着一道墙;某处一定有扇门,只是他现在还没找到。

因此,收到格兰的信,他自然激动不已。现在他至少知道凶器是什么了,有什么针对他的把戏,他也能够自我保护了。

帕特森之前有段时间变得十分谨小慎微。那天夜里的中国城之行似乎在一段时间里治好了他的冒险欲,但他马上就振作起来了。令罗伊吃惊的是,他竟然请求罗伊继续追查这条新的线索。这一次,他们精心为他们的行动做准备,而詹姆斯则忧心忡忡地看着他们穿着破烂的衣服,脸上有目的地化了妆,一起坐进罗伊的汽车里。

他们停下车,剩下的路走了过去。这当中,罗伊说起为什么这片区域如此吸引着他。与罗伊所料不同,帕特森并没有觉得奥尔加·杜兰德的行为十分古怪。

"您知道我们会找到些什么吗?"帕特森问道,轻轻笑了起来。

"不知道。"

"一个没什么要紧的、合法经营的鸦片馆。杜兰德太太私下里染上了吸食鸦片的恶习。这就解释了她憔悴的外表和神经质了。"

"您怎么可以这么平静地说起这些事情？"罗伊惊讶地问道，"一个欧洲女人出入鸦片的魔窟，这可不是什么寻常事。"

"说这些合法经营的馆子是魔窟可不那么确切。此外，吸鸦片的欧洲人，甚至还有白人，比人们想象的还要多。一开始他们只是好奇，因为曾经有熟人带他们去过；他们轻信别人的教唆，认为这种恶行是无害的，然后慢慢就形成了吸鸦片的习惯。一旦上瘾，就没法戒掉了。"

"杜兰德太太似乎觉得这是个污点，要不然也不会那么小心翼翼地向身边的人隐瞒她所做的事了。"

"很有可能是她不想让她先生有所察觉。"帕特森说道。

"我也不想同一个抽鸦片的女人结婚。可是，要是她去合法经营的馆子的话，就该料到会遇见熟人。因为去这种馆子是不犯法的，也不是什么秘密。"

"我们到了。"罗伊停下脚步打量那些房子。尽管两人这一天的样子看起来不像是大富大贵之人，但还是有乞丐围拥过来。他们继续往前走，帕特森询问那些跟着他们的潦倒乞丐是否知道附近有一家鸦片馆。帕特森操着洋泾浜英语说话，但那个老人却听不懂他的话，他尖声大叫起来，找来了一群中国人。帕特森重复了他的问题，又分撒了几枚硬币之后，他们才被带到角落里，在一栋房子前停下来，而罗伊就是在这栋房子附近找到那个金色粉盒的。

门上悬着一面招牌旗，还有两块形状狭长的纵向木牌，所有这些上面都写着汉字：

"极乐金门！"一个中国人用他们听得懂的英语招呼他们。

衣着齐整的烟馆主人迎接了他们，自己走在前面。

这是一个狭长的过道，左右两侧通向一个个隔间的门。浊重甜腻的空气让罗伊反胃，但他必须把事情调查清楚。那个中国人打开了一个隔间的门，忙不迭地鞠着躬，直到罗伊和帕特森进入其中。里面只有一张木板床、一个硬木枕头——这个"极乐金门"看上去简单得令人大失所望。

一个娇小的中国女孩悄无声息地走了进来，优雅地将举着的托盘放到木板床上。罗伊注视着她装好一管鸦片烟，嫌恶地看着那一团黑色粘稠的物质。

"我觉得，已经看得够多了！"他对帕特森说。

"您不想试一试吗？"

"谢谢，我没有那么好奇。"

那个娇弱的中国女孩脆生向着过道里喊叫一声。他们结了账，起身正要走时，她微笑地说道：

"两位先生会再来的，我清楚得很！"

"真希望你说得不错，我的孩子。"罗伊摆出一副世界上没什么力量能让他再来此地的神情。但那女孩儿的确没说错。

第二天，罗伊当真又一次走进了"极乐金门"。

杜兰德先生走进了他太太的更衣室，用评判的目光注视着她身上的绿色晚礼服，然后将女仆支使开了。

"你看上去很憔悴，我亲爱的。绿色让你看起来十分苍白。"

"我可以换件别的，或者——"她走到梳妆台前，又涂了点儿腮红，"这样好些了吗？"

"好一点儿了。跟我说说,你到底怎么了?几个星期来,你一直处在不安之中,你的神经质甚至传染给了我。站住!你要去哪儿?"

"客人随时都会来,我就想看看一切准备好了没有。"

"不戴上你的首饰吗?"

"当然要戴了!我差点儿就忘了。"

她在首饰盒里翻来找去,最后戴上了一条细铂金链子、镶钻十字架吊坠的项链。

"这条不行,跟你低开领的裙子不搭。为什么不戴那条绿宝石项链呢?"

杜兰德太太不说话,摘下项链,拿出了那条他想让她戴上的项链。她丈夫走到她近旁,想要帮她扣上项链扣。他一下子愣住了,将项链拿到手中。

"等等,我马上回来。"

他冲出房间。杜兰德太太瞪着惊恐不安的双眼,看着他跑出去。她呻吟一声,失去平衡,跌坐在镜子前的座椅里。门外杜兰德的脚步越来越近了,她立马站起身来,强迫自己在嘴角挤出一丝微笑。

"怎么了——"她说不下去了。她的丈夫粗暴地抓起她的右手腕,强行拉到光线明亮的顶灯下方。

"这破烂货是怎么回事?"他喊道,"拙劣廉价的仿冒品!真的绿宝石去哪儿了?"他一个箭步来到首饰盒边,将里面的东西倒在地毯上,"这里面还有什么是真的?别尽在那里发呆!说话呀!"

"我——不——知道——"她结结巴巴地说道。

"你不知道，我知道！你需要钱！为什么？哪个女人会像你一样需要花费这么一大笔钱？只要有钱干那些勾当，你根本不在乎钱是从哪儿来的！但这——"，他用脚尖踢着那些闪闪发光的石头，"简直是忍无可忍！"杜兰德擦去额头上的汗水，冷冷冰冰、客客气气地说道，"现在请你说句话。你这次想怎样为自己开脱？"

就在这时，女仆敲门进来。

"第一批客人——"

"我来了，"奥尔加说着，扬起了脑袋，因为她注意到了女仆害怕的眼神，"请您将首饰捡起来，把首饰盒放回壁橱里。"

奥尔加从侧面看着她的丈夫。"我对那些仿冒品一无所知！你可以今天，也可以明天，等客人走了之后，再好好检查所有的首饰。刚刚那一出滑稽戏，本来是不用演的。"

两人来到大厅里，愤怒的表情已经不见了。她在客人面前笑得那么无忧无虑，以至于杜兰德看着他的太太时诧异不已，尽管他早就习惯了这种突然的转变。

宴会的气氛渐渐高涨，似乎没有人注意到男主人的反常。只有约翰·罗伊有足够的理由去仔细打量这对夫妇。他注意到杜兰德沉浸在自己的思绪之中，而杜兰德太太的欢声笑语中则暗藏着内心的不安。

接下来的一个小时里，罗伊在花园里和宴会的大厅中都没看到男主人，于是就开始寻找他。罗伊最后在一个小图书馆中找到了他。杜兰德孤独地坐在一个角落里抽着烟。罗伊响亮的一句"您似乎很累，先生？"打破了寂静，让杜兰德大吃一惊。

"累？"杜兰德艰难地说道，"这词很恰当。我很累。我受

够了中国,受够了这个城市!"他舒展了双臂,"您要跟我一起坐坐吗?"

罗伊在一把休闲躺椅中坐下,舒适地伸展了双腿。

"您为什么不回法国呢?"

"我已经准备要动身了,有几个月了。但是操之过急的话,我在这里的生意就会受到损失。"

"那您就承担这些损失,"罗伊冲口而出。"如果一个人,比如说您,已经无法忍受他的生活境况了,那他就该另谋出路。相信我,感觉、身体和精神状态是最好的警告。如果我们一直都听从这种警告的话,就可以省去不少麻烦。"

"没错,但是您知道吗,正因为如此我才不能够马上离开。在我永远离开这个国家之前,我要弄清楚一个秘密,查个水落石出。"

罗伊一开始没有回答他。他该不该暗示杜兰德,他的妻子是被什么吸引到中国城的呢?说到底,这个法国人对他而言是个陌生人,他不能毫无保留地相信他。他对杜兰德知道些什么呢?罗伊于是小心翼翼地抛出了钓钩。

"换种气候对太太的身体也好。"

杜兰德挺了挺身。"为什么?"

"啊——只是我的一种大致感觉。这里的炎热,这里的整个生活——难怪一位欧洲女士会变得神经质。"

"我太太是俄罗斯人,也许更像亚洲人,而不是欧洲人。她能忍耐很多,还是说——她向您抱怨了什么吗?"

"怎么可能呢?"罗伊反问道,"我同您太太还没有那般相熟。只是她病弱的身体和神经质的模样引起了我的注意。"

"您真是目光锐利，罗伊先生。我太太以前可不像现在这样。我想知道，是什么让她在这两年内发生了这么大的变化，这一点我只有在上海才能弄清楚。所以，我还是得留在这里。"他猛然转过头来，"有人吗？"他大声地问道，一边拉开了遮挡着通向副室门的窗帘。他按开了灯，往四下里张望，"我听到了脚步声。"他若有所思地说道。

"我也听到了。"罗伊也走进了小房间里，"刚才肯定有人在这里。也许是仆人？"

"那他肯定会回答我的问题，而不是偷偷溜走。他听到了我们的谈话。"

罗伊笑了。"这没什么要紧的，谁听到都没关系。"

"也许吧。"杜兰德将双手重重地放到罗伊肩上。

"罗伊先生，您为什么来这里？"他咄咄逼人地问道。

罗伊看着他，尽可能地显示出一副惊讶不已的样子。

"我在上海有事要做。"

这法国人剧烈地摇摇头。"不是，"他肯定道，"您没有——或者也有，您肯定在做着什么事情，问题是，什么事情。您肯定不是处理生意上的事情，这一点我可以断定。"

"我不是商人，先生，我在这里有外交任务。"

杜兰德的手无力垂下来，他后退一步。

"抱歉！但是很遗憾，您没有告诉我真相，罗伊先生。"

罗伊诧异非常。这种情感表达看似真实，但法国人大多是出色的演员。要是他在这时泄露过多不必要的信息的话，以后可能会后悔的。因此，罗伊克制住自己，同杜兰德一起离开房间，重新混入了客人中间。

罗伊想起来,他还没跳过一支舞;他总得邀请这家的女主人跳一回。

探戈舞曲的前奏响毕,他脑中浮现出一个想法:

"这曲探戈不正是'通向极乐之门'吗?"他轻描淡写地问道,一边用探询的目光打量她。

"不是,"她平静地说道,但眼睑却颤动了一下,"这曲子叫'上海,奇妙之城'。"

"意思差不多。"

"怎么说?"

"我觉得'通向极乐之门'和'上海,奇妙之城'是同一回事。对某些人而言,上海就是通往极乐世界的大门,不是吗,太太?"

她不安地望着他,无奈地微微一笑。他几乎有些同情她了。

*

罗伊已然疲惫不堪,但他想待到宴会结束;就是当帕特森打着哈欠来问他,这个晚上剩下的时间在睡梦中度过是不是更好时,他也没有放弃自己的打算。

"亲爱的罗伊,"他的年轻朋友说着,不赞同地看着他,"我担心上海对您来说太过危险了。"

"为什么偏偏是对我?"罗伊饶有兴致地反问道,"您这样的老手大概就能够抵制这座城市和它居民的诱惑了?"

"我能坦白跟您说吗?"

"请说。"

"您对待女士们的态度是错误的。您看到了德泰，认为她是世间尤物。我仅仅满足于借助自己的想象虚构出她的内心世界，但是您却不止步于此。德泰只是一位野心勃勃走着自己道路的年轻女子，如此而已。奥尔加·杜兰德也一样，她仅仅是因为无聊而吸上鸦片，因此而显得十分堕落和引人注目罢了。我了解这种女人，我们没必要为了她们而伤透脑筋，最后全然出于骑士般的同情而爱上她们。——这就是危险的所在！"

"在这方面，您大可放心。我既不会爱上那个美丽的中国女人，也不会爱上杜兰德太太。我完全是出于其他原因而接近这两位女士的，您一点儿都看不出来吗？您忘了吗，乔治·莫里斯与德泰曾经是密友，奥尔加·杜兰德也是跟他走得最近的交际圈中的一员？"

帕特森吹了几声口哨。"原来是这样啊！这些事情我可是第一次听到。"他满是责备地说道。

"真的吗？到现在为止，我认为这一切都还不太重要，不需要同您——"罗伊打断自己的话，快速转过头去。

"到底发生了什么事情？"他三步并作两步走到杜兰德太太身边，她正怒不可遏地看着她俊俏的女仆。

"蠢货！"她强抑住怒火骂道，将那女孩训斥哭了。

罗伊感到十分惊讶。这样的场景本来是不应该在客人在场的情况下出现的。杜兰德先生走了过来。

"哭什么？发生什么事了？"

罗伊感到有人在拉扯他的衣袖。那是帕特森。罗伊仍然待在原地，尽管杜兰德夫妇希望客人们都不要出现。

"没什么!"杜兰德太太回答了先生的问题,"玛德莱娜看到了几个幽灵,或者至少有一个。强盗、杀手、小偷——肯定就是这类人,要不然呢?"奥尔加大笑起来,转身面向客人们,"请大家继续跳舞吧。我会上去看看的。"

人群有些犹豫地散开了,结成了一对对舞伴,只有杜兰德夫妇和女仆、罗伊和帕特森留了下来。女主人用请求的目光看着这两个固执的听众,但这两人却一动不动地站着。

"玛德莱娜声称,那个闯入者之前躲在壁橱里。"

杜兰德转身要走,罗伊跟了上去,而帕特森不想惹人厌恶就待在了大厅里。女仆还在哭个不停。

"我真的看到了一个男人藏在了太太更衣室的壁橱里。"

"您把首饰盒放回去了?"杜兰德问道。

"是的。太太这么吩咐的。"

"请您别哭了,"男主人咕哝道,"您一点儿错也没有。"

"她为什么非要当着客人的面说出来。"杜兰德太太严厉地问道,"要是上面着火了,要尽可能拖延时间,不让客人们发觉。明白吗?您闹出了一桩丑闻——"

"可是太太,我只是想,要是所有的首饰都没了,我就遭殃了。"

他们来到了更衣室里,杜兰德向壁橱走去。他举起首饰盒,放到梳妆台上,想要打开盒盖。

"锁着的。奇怪,这首饰今天给我们闹出了这么多事。"杜兰德说道。他太太没接他的话。

玛德莱娜颤抖着双手,将小钥匙递了过去。锁轻轻地开了。杜兰德将首饰一件一件地拿出来,放到桌子上。"你自己来看看,奥尔加,我觉得没少什么东西。"

她打量了那些珠宝。

"是的,所有的首饰都在的。怎么样,玛德莱娜?也许是太累了吧?所以才看到了幽灵。上床睡觉去吧。下面马上就结束了,今天没有你我也应付得了。"

"但是我不累,太太!"那女仆带着哭腔,说得十分肯定,"我喝了特浓的咖啡。还有——还有——首饰盒里乱成一片,不是吗,先生?"

"的确。"

"每件首饰我都小心翼翼地放在该放的地方了,先生。我可以对您发誓!"

"您不发誓我也相信您,玛德莱娜。"杜兰德缓慢地说道,"那些首饰原本散落一地,当您想要收拾整理的时候,肯定就会放整齐的。不是吗,我亲爱的?这不也是你的意思吗?还是你想让玛德莱娜将珠宝一股脑儿地乱塞一气?"

"当然不是了。"奥尔加有些犹豫地说道,"为什么我们还要为此绞尽脑汁呢?首饰都在这里了,这就够了!也许首饰盒不小心被撞翻了,或者整理好之后又掉在了地上。"

"玛德莱娜,请您说说,您是怎么整理的?"

马德莱德手脚麻利地抽出了那些小格子,将每件首饰放入了相应的格子,又将所有的盒子整齐地放回了首饰盒中。杜兰德锁上了首饰盒,摇晃几下,将其掉落在地上,然后又打开了。只有最上层有两三个格子的盖子掉下来,露出了里面的手链。其他的格子都好好的。

罗伊想,杜兰德干得不错。他不胜惊讶地看着杜兰德一言

不发地将首饰盒夹在腋下，大步流星地走出了房间。

"他想做什么？"他自问道，而奥尔加正注视着他，好像此时才意识他的存在似的。她耸耸肩膀。

"所有人都——神经兮兮的，在我看来。"她说道，"我们去楼下吧。"

她缓慢地走出了房间，罗伊快速环顾一眼后也跟着她走了。他们在走廊里碰见了杜兰德，他抓住了罗伊的手，将其拉进了他的房间。

"您对宝石有所了解吗？"他喘着粗气问道。

"懂得一些。我相信我的同胞帕特森在这方面是专家。"

"您想看看吗？"杜兰德将放大镜递给他，罗伊逐一检查了那些珠宝。

"好吧，您到底想要知道什么，杜兰德先生？在我看来，这些都是宝石。"

"没错，没有一件是仿冒的。"

"是的。"罗伊说着，竭力掩藏着自己的惊讶。

"请您仔细检查一下这块祖母绿宝石。——怎么说？"

"完美无瑕！"

杜兰德抱住自己的脑袋，把站在门内的太太叫了过来。

"您可以戴上这条祖母绿项链，它是真的。"

"我没说过吗？我真不明白你之前怎么会认为首饰是伪造的？"

"它们之前是仿冒的。罗伊先生，四五个小时之前，正当第一批客人即将到来之时，我检查了这条祖母绿宝石项链，因为我仅凭肉眼就觉察出宝石是仿冒的。我的怀疑也被证实了。我将仿冒品扔到地上，玛德莱娜却仔细地将它们存放进首饰盒里——现在真品又回归原位了。罗伊先生，您恰巧目睹了这一不愉快的事件，您或许可以帮我弄清这个秘密。女仆宣称看见一个男人藏进壁橱里。我认为是这个闯入者将真品放回了原处，拿走了仿冒品。"

"你可真滑稽！"奥尔加朗声大笑，"怎么会有人先偷走了首饰，为了不引人注意，将假宝石代替真品放入盒里，后来又将真品放回原处呢？"

"是啊——为什么？我会调查清楚的，亲爱的！"

杜兰德将首饰盒放回壁橱中，锁上了壁橱门，然后将钥匙交给了他妻子。

"我很高兴现在一切都恢复正常了！"杜兰德太太说道，但她的丈夫却摇摇头。

"没有什么是正常的。"

他们下楼来到客人中间，杜兰德太太笑着告诉一些好奇心重的客人，她的女仆看到的确实是幽灵，一点儿东西都没有被偷窃。

客人们正要动身离开。罗伊挽着帕特森，两人慢慢踱着步，穿过清凉的夜晚。

"杜兰德可能有点——"帕特森着意用手指点了点额头。[①]罗伊打着哈欠，困倦非常。

"不知道。我太累了，没法思考真假首饰的迷局。去我那儿喝杯威士忌苏打安眠怎样？"

---

① 在德国这一动作表示被指的对方脑子不正常。——译者注

"好的。"

他们回到杜兰德夫妇家中,坐上了自己的车。两人看向前方,所有的窗户都黑了,只有一扇还亮着。杜兰德太太也许需要更长的时间来收拾晚会的妆容。

*

罗伊打开自家的房门时,已经累得几乎要栽倒了,但是等着他的惊喜却能让他恢复生气。

詹姆斯激动不已地冲上前来,几乎没注意到帕特森,甚至忘了帮他脱下大衣。

"先生!有一位女士在等您!"他急忙说道。

"一位女士?"罗伊茫然不知所措,没注意到帕特森嘴角可疑的抽动。

"我是不是最好离开?"帕特森问道。

"为什么?她等了多久了?叫什么名字?"

詹姆斯绝望地耸耸肩。"先生,不知道她是谁!她已经在那里坐了三个小时了。"他指了指通向罗伊书房的门,"她抽了烟,喝了点儿咖啡,现在睡着了。"

"什么!"

"是的,先生。她躺在沙发上睡着了。我给她盖上了被子。"詹姆斯轻轻地笑了,"她睡觉的时候,我一直守着。她的样子真迷人,那样的金色卷发,"他用双手环绕着她的头部比划了几下,"她的睫毛很黑很长。"

"她应该不打鼾吧?"罗伊干巴巴地问道,"我们进去吧。"

他第一个走进自己的房间,轻声叫了起来,但这还不足以将米丽娅姆从熟睡中唤醒。

"米丽娅姆!"他小心翼翼地叫着,一边轻拍着她的肩膀,"特里小姐!"

她一下子坐起身来,迷迷糊糊地环顾着四周,当她最后终于明白自己身处何处时,将手伸给两位先生亲吻,就好像她在此处的存在是世上再自然不过的存在。

罗伊脸上的表情十分复杂。他是该高兴呢,还是该生气?他当然十分恼怒,因为要是有人知道她同他是朋友,并且想要帮助他查清这起神秘案件的话,那么米丽娅姆在这里出现,就是将自己置于巨大的危险之中。格兰督察怎么会让她到上海来呢!不过话说回来——也不能将米丽娅姆捆绑在伦敦,而且这位年轻女士看起来已经习惯了以一种冷静的方式实现自己的意愿。此外,詹姆斯说得很有道理——这个年轻姑娘的确非常迷人。

米丽娅姆对帕特森的在场感到失望,但她将其掩藏在亲切可爱的微笑之后。詹姆斯站在门边上,只能从背后看到主人朋友的一半背影;尽管如此,他也注意到这年轻人对米丽娅姆是多么的着迷。詹姆斯没法为此而指责他,就生起罗伊的气来。这姑娘是来找他的,但是他却希望她没到这里来。难怪他永远都是单身汉。

"您今天到的,特里小姐?"罗伊问道,"您为什么不告诉我您要来呢?要是那样,我会劝您别来的。"

"我也是这么想的,所以我才不写信。麦克罗宾森教授陪伴我直到巴黎,在那里帮我确定好了航线。他很想一起来,

但是我不愿意。"

"麦克罗宾森?他要是来的话,也许是件很好的事情。"

"您更愿意他来,而不是我,是吗?"

"也许吧。"罗伊严肃地说道。

她脸上显现的表情,就像是一个孩子兴高采烈地走进一个房间,却被里面的人冷冷呵斥出来后的表情。

"您在上海不认识任何人吧?"帕特森问道。

"是的。"这回答听着有些可怜,"罗伊先生对我来说其实也是陌生的。"

"我们在伦敦见过一次。"他强调道。

"哦,我明白了!在故乡只有一面之缘的人,如果在异国碰见,就成了朋友了。所以,特里小姐,您就留在我们这儿吧。我们随时听候您的吩咐!"帕特森兴奋地喊道。

"如果您想照顾特里小姐的话,我很高兴,亲爱的帕特森。我可能没有足够的时间。"

"哦,先生们!你们太好了!但是我一个人对付得过来的,真的!另外,我可能不会在这里待太久。我想去日本,去南海和澳大利亚,然后再到南美和北美洲。"

"一次实实在在的环球旅行啊?"帕特森惊讶地说道,"就您一个人?"

"为什么不呢?正如您所说,每个我们在外旅行时遇见的故乡人都是朋友。世界上到处都是英国人。"

帕特森一脸失望的表情。"我可以肯定,您在这里待久一点儿,我们都会感到高兴的,特里小姐。这里所有人都会非常兴奋的,因为像您这样的女士在上海确实不多。"

她向他微微一笑,"我们再看吧。"然后转身面向罗伊,"我饿了!大半夜里向您讨要一块黄油面包是不是太不体面了?"

门砰地一声关上了,罗伊第一次开怀笑了。

"就我对詹姆斯的了解,他会端上我们最好的食物来的。——您住在哪个酒店,特里小姐?"

"在外滩,住在'新格罗夫纳酒店'。窗外的风景如此迷人而新奇,我可以站在那里数小时,眺望窗外。"

米丽娅姆离开去洗手,整理凌乱的卷发。

"一位绝妙的女士!"帕特森痴痴地说道,"她让这次无论如何都不太寻常的午夜拜访显得那么的自然。"

"为什么是不同寻常的拜访?特里小姐是新时代具有自我意识的女士,想做什么就做什么,谁要是为她的行为找些莫须有的原因,那就太愚蠢了。"

"没错。她很特别,比如说,完全不同于奥尔加·杜兰德和德泰。——嗯。"帕特森默不做声,沉思片刻,"我觉得她与众不同,就是——该死,说不清楚!"

罗伊静静地笑了,"何必如此费神呢,亲爱的帕特森?您真的对米丽娅姆·特里感兴趣,不是吗?"

"是的。我在想,您是不是——我是不是侵犯了您的领地?可恶!这话不好听,但是非常准确。"

"您可以像每位体面的男士那样尽力追求特里小姐,帕特森。我会当一个不相干的看客。"

米丽娅姆又回来了,看起来神清气爽,散发着科隆香水的香气。詹姆斯推开了小餐室的拉门,大家都来到了桌边。

当他们离开罗伊家的时候,天已经亮了。帕特森开着自己

的车回家了,罗伊履行了主人的义务,将米丽娅姆·特里送回了酒店。道别的时候,罗伊握着她的手久久不放,她那询问的表情变作了发自内心的喜悦。

罗伊缓缓回到家中。睡觉已经不可能了。他在他那本蜡布面的本子前坐了将近一个小时,将繁忙的前一天中的事件和对话详细记录下来。

一起无人关心的谋杀案

罗伊希望这一天平静无事,前一日的彻夜未眠让他感到百无聊赖,脑袋里沉甸甸、空荡荡的。他发誓暂不接受任何邀请,但当詹姆斯递给他一个大手工纸信封,并告诉他"信是那个丑猴送来的"时,他又不得不打破自己的誓言。

罗伊责备地看着他,却又无法完全隐藏笑意。

"李英博士?——该死的!又是一份邀请!如果伦敦像这里一样一周有这么多邀请,那我整个旅游旺季都没法出门了。"

"恕我直言,先生——您大可以回绝那个老丑猴。"

"别忘了,他有一个漂亮的女儿,我可不能冒犯她呀。"

"先生,您看起来很虚弱;我们已经好久没有锻炼身体了。"

"没这回事,詹姆斯。我最近才练习了柔道。我的化妆箱备好了吗?我可能今晚就要用到。"

"哦,还有这档子事。"詹姆斯轻声嘀咕着走开了。

杜兰德先生来访时,罗伊仍然盯着他手上德泰送来的大翻页邀请函。他向来访者走去,领他走向窗边的沙发椅。杜兰德迎面朝向日光坐着,脸上没有丝毫阴影。

"罗伊先生,我得提前声明,"杜兰德犹豫地说道,"当您

听我说完后，您可能会问，我为什么不告知警察我的猜测和担忧。只是在一切还未确定之前，我不想将这些事情公之于众。但我信任您。"

罗伊看着杜兰德，心里暗暗想，这是不是一个圈套。难道有人想打探他已经查清了多少？他到底是不是在追查事情的真相？要是这样的话，那这个法国人的开场白显然不够精明。

"您对我的友好看法使我感到荣幸，杜兰德先生。您但说无妨，我们不会受到干扰。"他的目光扫向两扇门。希望詹姆斯此时没站在门后——他心里暗暗发笑。

杜兰德拿出两份报纸放在矮桌上，指了指一小段划了线的简讯。罗伊读了出来：

"典当商王侯昨日夜间被害。此案初看疑似为谋财而害命。王侯买卖兴旺，尽人皆知，但其被撬保险柜中只余财物少许。因账簿遗失，无从知晓何物被盗。该典当商深居简出，未曾雇佣任何帮佣。"

罗伊抬起头来。

"您为什么如此重视这条新闻呢？"

"我始终认为这起杀人抢劫案同我太太的珠宝有关。"

两人同时一跃而起，满脸苍白，惊恐万分。

"杜兰德先生！您昨晚整夜不眠，现在神经过度紧张了，也许您还受到了噩梦的折磨！"

杜兰德抬起手表示反对，他递给罗伊一张纸条。

"这是被害人的地址，我从报纸编辑那里得到的。那条街离法租界不远。"

"我认得这地方。"罗伊说着，脑海里浮现出那些错综复杂的小巷和"极乐门"烟馆。他看到黄包车里的奥尔加、肮脏街道上的一个粉盒——他突然觉得杜兰德猜测得不错。

"罗伊先生，昨晚的事情还一直纠缠着我！我发誓，我妻子的祖母绿项链在宴会开始前还是假的，还有一些其他的贵重首饰，我当时只匆匆瞥了几眼，也觉得很可疑。所有首饰都是我亲手购买并检查过的，我熟悉每件首饰的工艺和托座，因为其中大部分是我自己设计的。女仆通报壁橱里有人藏身之后再检查首饰时，就是真的了。我是商人，罗伊先生，我始终头脑清醒。没有人可以说服我相信子虚乌有的东西，因此我想调查这起谋杀，但是我需要您的支持。"

罗伊还有些迟疑。如果他同意杜兰德的请求，就算这是一个圈套、这个法国人向他隐瞒了很多情况，最后也不会有什么损失。他越是表现出信任，他就越占上风。

"我打算今晚悄悄地去这个地方走一走，听听人们在说什么。只可惜我掌握的语言不够。您有可以信任的中国仆人吗？"

"有。"杜兰德马上回答，"他以前是黄包车夫，我培训他成为汽车司机。他早就攒够钱可以回乡下老家买地了，但是他要服侍我直到我离开中国，而且愿意为我赴汤蹈火。"

"很好！他可以晚上来这儿接我。"——赴汤蹈火？罗伊想道。也许他为杜兰德偷了镭针，帮主人干掉他讨厌的人，现在他的任务就是今天找准时机杀了我。

"如果我推断正确的话，杜兰德先生，您认为有人偷了您夫人的首饰，并将仿冒品放到首饰盒中，而现在由于害怕被发现——因为您在宴会前引发的争吵——想重新把首饰放回去。为此，他必须杀了接受了首饰作抵押的典当商。"

"我的想法大概就是这样,因为我的夫人不可能知道这起谋杀。"

"这一点我们大概可以排除了。"罗伊肯定他的看法,"好的,杜兰德先生,这是我们之间的约定。"

"我很乐意陪您一起去。您可能会有危险,罗伊先生。"

"也许吧。但是如果我们两人同时出现的话,我们更容易被认出是欧洲人。我还是单独和您的仆人一起去吧,今晚我就向您汇报情况。您最好就在我家等我。如果我大晚上穿着奇装异服去拜访您,一定会引起注意的。"

杜兰德同意了一切安排,然后离开了。罗伊站在窗前目送他离去;就是走在街上,这法国人也仍然给人一种心事重重的感觉。也许这一切并非他在耍花招?罗伊真希望能够读懂杜兰德内心的想法。

*

罗伊请求帕特森照顾好米丽娅姆;他说他实在是疲惫不堪,白天没法入睡,因此必须好好休息。这样的话,这个年轻人就不会纠缠着要加入这次冒险行动了,罗伊也少了一重担忧。他有的是事情要忙,特别是此时他对他的中国同伴还没什么把握。

两个瘦削的身影微微弓着背,趁着夜色从后门离开了。詹姆斯担忧地目送他们远去。就算上司的母亲可能也认不出这个穿着破烂西装的人是自己的儿子。一头毛糙干枯的黑色假发上戴着一顶圆形小帽,双手和脸都涂成了淡黄色,眉毛描成了黑色,再加上漫不经心的姿态和小步快走——这便是乔装打扮后的罗伊了。只有那双炯炯有神的蓝眼睛无从改变,他因而半眯着双眼,反正中国也有许多有蓝色眼睛的人。

他们悄声无息地穿过一条条街道,罗伊跟在他的同伴后走着。为什么杜兰德不让他的仆人入夜后单独去打探消息呢?这个小伙子看起来很机灵,而且说得一口流利的英语。

一条臭气熏天的巷子,大大小小的招牌旗——这个中国人停下来,回过头来看罗伊。他悄悄指向拐角处一栋低矮的房子,轻声地说:

"这是王侯的房子。"

相邻的房子是一个小旅馆,如果苦力们不愿在棚子里过夜或是露宿街头的话,只消花几个铜板便可在这里住上一宿。拐角处街道中央是一家小饭馆。冯——杜兰德这么称呼他的仆人——走近一张木桌,从摞成山堆的米饭中盛了一小碗。罗伊不会用筷子,他索性放弃了实验。罗伊默默坐在角落里,但却能够清楚地听到饭馆老板和冯之间的闲聊。他们显然在谈论那桩谋杀案,因为冯不止一次用目光示意典当商的房子。罗伊耐心地等了将近半个钟头,觉得自己十分多余。最后,冯终于离开了那小摊,重新走到了罗伊身边。

"他认识王侯,"冯轻声说道,"王侯是个恶人,不肯给可怜的苦力一个铜板。他死了,大家都在拍手叫好。"冯若无其事地坐到他身旁。罗伊诧异于他的坦诚。

这中国人不安地看着他,然后指着小旅馆的入口处:

"我们得进去。"

这倒是个让人消失的好地方——罗伊想着,口袋里的手将

指节上的连环铜套握得更紧了。

冯走在前面。他们走进一个有茶水供应的窄小前厅,冯向店主询问了什么,店主耸耸肩作为回应。然后冯掀起了睡房的帘子,朝里面喊了一个名字。很明显,他装作在找人。因为没得到满意的回应,他拿了一碗茶蹲了下来。罗伊在他旁边坐下;滚烫的茶水喝起来很是舒服。

他那能说会道的同伴三言两语就同那旅店的老板聊起天来,因为那中国老头有的是事情要做,所以谈话经常被打断。冯就趁着这个间隙告诉罗伊他所听到的,显然是完全指望罗伊从中拼凑出一幅完整的图像来。罗伊给他一些关键词,他据此又提出新的问题。罗伊现在终于明白杜兰德为什么要让自己陪着他了。因为,尽管冯是个聪明的小伙子,但他没法区分重要的与无关紧要的信息。他也许能够记住一堆的闲言碎语,但却抓不住问题的关键。

"我的主人以前有黄金放在王侯那儿。现在什么都没有了,他被杀被偷了,您知道吗?"

罗伊点点头。如此一来,杜兰德对查清凶手的兴趣就顺理成章了。他开始相信那个法国人了,因此不得不时时提醒自己要谨慎行事。

他们终于将这个中国老头盘问得差不多了。是的,他在昨夜里看见有人进了隔壁家中,他当时感到奇怪,为什么会有那么体面的先生来到拐角处的房子前,甚至还进去了,而且是在大半夜里!

"一位体面的先生?"冯急切地想了解更多,"中国人?"

"不是。"

"白佬？"

"也不是。"

冯明白了。当那老头站起来，带一个苦力走进帘子后面的睡房中时，冯低声告诉罗伊，一个既不是白人，又不是中国人的男人在昨夜里进了那栋房子。

所以是个混血儿了，罗伊想道。

那中国人又回到他们这儿来，他指着罗伊向冯问了些什么。也许他感到奇怪，为什么冯如此能说会道，而他的同伴却如此沉默寡言。但是杜兰德的仆人聪明机智，对此自有一套解释。罗伊尽管只听得懂"北平"这个词，但是明白了冯是把这个城市说成他的家乡；因为中国不同省份的语言差异巨大，所以北平来的人几乎听不懂上海人或华南人说的话。

当冯站起身来，滔滔不绝地说着话，渐渐开始道别时，小房间里的空气越来越让罗伊感到难以忍受。冯又向帘子里喊叫了一声那个名字，仍然没有得到任何回应。罗伊开始数数了。

外面一片寂静。他们沉默不语地穿过一个又一个巷子，直到快到欧洲人的租界地时，冯才开始讲述他从那老头那里得知的一切。根据他的说法，他最近几日经常在王侯家周围看见的一名男子那天夜里拜访了那典当商。那老头偶然来到他家门前，看到一个陌生人站在巷子里等着。王侯肯定给他开了门，因为他晚上的时候总是一个人在家。由此可以猜测，他同那个来访的人是熟人，要不然他肯定会怀疑这个夜间来访的客人。

"为什么他不向警察报告他所看到的这些呢？"罗伊问道。

"他希望能找到那个人，比起告诉警察来，这对他来说更有好处。"

所以，他是想要进行勒索，罗伊想。他现在是不是迷失在那片丛林之中呢？他是不是偏离了原初的任务？这是不是正中杜兰德的下怀呢？罗伊希望这一切快点儿结束，希望能够再度不存偏见地观察周围环境，而不是在证明确认每一个人诚实坦率之前，都将他当作骗子来看待。

那个法国人已经等候着他们了，房间里厚重的烟雾表明，他已经抽了很多烟。

"没发生什么特别的事情，先生。"詹姆斯报告道，极不情愿地让冯踏进了家门。

在他主人面前，冯告知了更多信息，其中一条尤为重要。这个机灵的中国人问那个老头，上海这么大，有那么多人，他怎么样才能找到这个人呢？

"我从后面就能认出他来，因为他走得快时右脚有点儿跛。"那老头这样透露给冯。

杜兰德看上去十分满意，他让仆人离开，然后请求罗伊再描述一遍当晚的经历。

"我现在几乎能够肯定，我太太也卷入了这可怕的事件中了。这不是说她跟这起谋杀案有什么关系，而是说，这些首饰可能是她自愿抵押出去的。在我发现之后，她害怕起来，于是就命令什么人在几个小时之内务必拿回那些珠宝。除此之外，我不知道该如何解释她的行为。"

"为什么？太太表现得特别紧张吗？"

"就她的情况来说，'紧张'都是轻描淡写了。她的身体一天天地憔悴下去，几乎可以说明显消瘦。她也不再努力克制她的坏脾气了。她一直都情绪不定，但近来简直让人没法忍受了！今天无疑是个大热天，但她竟然觉得冷。天知道她得了什么病！她不去找正经的欧洲医生，非要让李英来治疗，这人在我看来就是个庸医。罗伊先生，我这么坦白地告诉您一切，您就知道我有多绝望了。不可思议的是，我没有办法对我所谓的好朋友们这样坦白，因为我害怕他们的太太们明天就能风言风语地把这一切传遍整个欧洲租界。"

他无力地握了握罗伊的手后离开了。

当詹姆斯想要照料他的主人时，却发现他脸上和手上还带着妆就在床上沉沉睡去了。他的主人还从没忘记过洗漱，他觉得这要比他夜间和冯一起去中国城让人忧心得多了。

六十个烟盒

富有的外国人在设宴和开办小型舞会上攀比奢华，但却没有人狂妄到想要超越李英家中举行的盛大舞会。那里的舞会如童话般极尽奢华。

罗伊几乎能够理解，为什么这些人的生活如此看重外在和表象了。因为他们遇到的总是同一些人，说的也总是同一些话。尤其是那些除了读小说、买衣服和梳妆打扮，极少的例外情况下还有其他事情可做的女士们，肯定已经厌倦这样的生活了。另一方面，她们又如此习惯于这种无所事事，因而几年之后就完全没法适应欧洲生活了。没有人会尊重亲自操持家务的白人女性。就是孩子也没法让无聊的日子生动鲜活起来，因为出于健康和教育方面的考虑，他们大多被送到欧洲去受教育了。

所以罗伊在李英家遇见的都是熟人，只有米丽娅姆是新鲜面孔。杜兰德拒绝了邀请，也向罗伊透露了原因。李英家的传统是每个客人都能得到一份赠礼，而他没兴趣接受一个中国人什么东西。

帕特森全身心地投入到他的新任务之中，几天之内到处向人介绍米丽娅姆。米丽娅姆兴致勃勃地接受着新鲜的事物，对常伴身边的同伴感到称心满意，同他说话的语调也是友好亲切、无忧无虑的。这个殷勤的年轻人好像第一次在生命中真正陷入了如火的激情之中。当罗伊看见两人在跳舞中，黑发和金色秀发的头颅紧密相挨时，就会感到不适。尽管如此，他还是不想把米丽娅姆留在自己身边。

罗伊可以肯定，杜兰德太太确实看上去病怏怏的，尽管她的眼神里还有光芒，她的个性还是显得那么充满活力。这个女人让人捉摸不透，罗伊无论如何也不愿同这样的女人结婚。罗伊准备静静地观察一切，却没料到被两件出人意料的事情弄得措手不及。

第一件让他震惊不已的事情发生在他到李英家恰好十分钟时。他接到一个电话，当听到一声轻笑后伦敦的麦克罗宾森医生自报家门时，全身震颤了一下。

"您也来了？"罗伊了解情况了，"我简直不知所措了！"

"我应该那时就陪着特里小姐一起来的。我一回伦敦，情况就表明，我必须飞到上海来。"

"的确，距离不再是问题了！"

"对于这个案件——幸亏不是问题！我今天就必须同您谈谈。格兰督察在信中已经告诉您青岛贝尔格教授的事情了？"

"嘘！"罗伊不由自主地制止他，"您带晚礼服了吗？"

"在行李箱里皱成一团了。"

"詹姆斯会帮您快速熨烫好的。我相信，您今晚还会被邀请到这里来做客。如果您能来，我会感到很高兴的。您还没选定酒店吧？"

"还没。我直接坐车去您那儿。"

罗伊在邀请麦克罗宾森住在他家前,犹豫了片刻。教授立刻接受了邀请,罗伊又回到了客人中间。

他先找到了米丽娅姆。

"您知道我刚才同谁通话了吗?"

"我怎么会知道呢。"

"同麦克罗宾森。"

"什么?他不会——"她不说话了,俊秀的双眉紧锁着。

"没错,他来了!我认为,他今天还会出现在这次宴会上,要不然我就得离开宴会现场。而我相信,受欢迎如我,他们是不会让我离开的。"他讥诮道,但米丽娅姆却十分严肃,"您不乐意麦克罗宾森教授来上海吗?"

"怎么会?他一定有自己的原因。"

"也许只有一个原因,不是吗?"

她转过身去,离开了他。罗伊本不想伤害她,但现在不是考虑个人感情的时候。不多久,客人们就会被请上座,在此之前,他还要同德泰说几句话。

罗伊满脸愁容地走近她。

"我感到非常忧伤,小姐,但我等不到这场美妙的宴会开始,就不得不离开。"

"发生了什么事情?"

"有伦敦来的访客。"

"啊?她美吗?"

"很可惜,来的不是'她',而是一个'他'。"

"罗伊先生!太好了!杜兰德先生生病来不了,真可怜!那样我们餐桌上就少了一位男士。要是您伦敦来的朋友今天能来做客的话，那真是太好了。"

"但是小姐，这么随意？"

"我希望您今晚不会感到沉闷无聊。"她美丽的脸蛋笑盈盈的，光彩照人。

"您要是这样曲解我的意思，那我只好缴械投降了。麦克罗宾森，英国著名学者，待会儿会来。"

"荣幸之至！"而她看上去的确是为意料之外的客人而兴奋不已的样子。

罗伊立刻走向电话机，他得知，教授已经到家，正在换上詹姆斯熨斗下还冒着热蒸汽，但已经是平平整整的晚礼服。

教授进入陌生圈子并迅速在其中变得熟络的方式显露出他圆融的交际手段。

客人们往桌子方向走去。那席通向餐室的珍贵窗帘被拉起，可以看见排列成马蹄形的餐桌，用鲜花装点得十分漂亮。

帕特森有米丽娅姆做宴会女伴，麦克罗宾森领着奥尔加·杜兰德，而罗伊则坐在一名德国棉花厂主的太太身边。这位太太文雅矜持，早就引起了罗伊的注意。在这位宴会女伴的身边，他可能有足够的时间来观察一切，因为他的位置十分有利，由于坐在一张长桌前，他的背后没有其他客人。

同往常一样，李英家的宴会每道菜都上两次，一次是中国菜，一次是欧洲菜，每位客人都能自由选择，都既能有机会品尝到当地特色菜肴，又不必像在中式宴席上从头到尾都吃中国菜。

罗伊伸手去拿丝绸餐巾，拿到半空中停留了片刻，目光像灼烧的火焰一般停留在餐具旁的一个物品上。他知道自己脸上

是错愕不已的表情,但却难以控制自己。大概几秒钟后,他用目光快速扫视了一遍在场的客人。

在座的有六十人,此时略带着感激之情,惊叹着收下了六十个烟盒。罗伊也拿起了烟盒。这烟盒是纯银打造的,做工精美,拿在手里沉甸甸的;打开后可以看到里面是上等的香烟。女士们的烟盒要细长一些,雕刻有镂空花纹。他看向德泰,她坐在马蹄形中央的凹槽处;他勉强地挤出一丝微笑,因为两人的目光匆忙间交会了。她用以下一番话回拒阵阵感激的浪潮:此次并非是她做东,烟盒是一个不愿被人所知的人所赠送的。

这一点不难想象,罗伊愤怒地想道。我很快就能知道这个慈善家是谁了。哪个烟盒里藏着镭针呢?还是有两枚镭针以这种方式流出在外呢?因为作案人又偷出来一根镭针。

德泰也保留了一个烟盒。在场的客人从她的话中获悉,一位尚未成家的单身男士因为经常受邀于此,因而想以这种方式表达自己的感激。

罗伊突然想到了杜兰德。这礼物是他送的吗?他是因为这个原因才不来的吗?是为了避免某个多疑的客人认为,是他在幕后操纵了这一切吗?

罗伊几乎不让德泰离开自己的视线。他注意到,她频繁地看向奥尔加·杜兰德和麦克罗宾森坐着的那一侧桌子。

他还不能太过急迫地向女主人询问谁是这个慷慨的赠与者,因为如果德泰也参与其中的话,那她就会知道他看穿了一切。但就算她毫不知情,她也会告诉那个神秘人物,罗伊特地询问了烟盒的来处。他的烟盒还摆在桌上,有些客人已经收了起来,但麦克罗宾森似乎也没动过他的礼物。当然了!他已经从同事布朗和格兰督察那里了解情况了。罗伊此时很高兴医生来了,来得正是时候。他试图同教授交流眼神,但他似乎在奥尔加·杜兰德那里脱不开身,她不停地说着、笑着。

罗伊机械地吃着东西,但是下意识地选择了熟悉的欧洲食物。最后他终于想到,他也是有一个宴会女伴的。

"尊敬的夫人,我深感抱歉,我今天不是一个好搭档。"

"您对礼物感到震惊,不是吗?"她问得很自然。

"当然了。我表现得那么明显吗?"

"不管怎样,我注意到了,因为我也是这种感觉。"

"什么?您得到这样的馈赠也不感到高兴吗?"

"一点儿也不。我一直在想,我怎样才能处理掉这烟盒。我先生也是,我看出来了。"她微笑着冲她先生点点头。

"这么说,您害怕这礼物?"

"害怕?"她诧异地反问道,"那倒没有,但我不想接受它。我们是第一次来李英博士这儿,所以……"她红着脸,不说了。

"所以——?"

"唉,这样可不好,一边说着主人的坏话,一边在他的餐桌上享用美食。"

"这倒是。但我现在很好奇。您不想向我透露一点儿吗?"

"那好吧。我们本来不想来的。但是李英通过坚持达到了他的目的。谁要是总是收到请柬,时不时地也该来那么一两回。他的女儿也的确非常迷人。"

"您不喜欢他?"

"啊呀！他是我见过最丑的人。"

罗伊笑了。"但却是个聪明的好医生，夫人。他对自己的外貌也无能为力。"他偷偷地观察着那中国人，"看多了也就习惯了，在今天的光照下，他的脑袋显得相当有意思。"

"第一印象通常是对的，我就是不喜欢他。"

罗伊看着她的烟盒。她先生的工厂生意兴隆，他无疑十分富有。但在座的没有人是贫穷的。他尽管不能想象镭针恰恰就在她或者她丈夫的烟盒中，但没有谁能知道下一个被选中的受害者是谁。所以他迟疑地问道：

"您待会儿可以偷偷把您的烟盒给我吗？夫人，您不是想处理掉它吗？"

她一言不发地看着他，他轻轻地笑了。

"我今天不能告诉您为什么，但是请您务必保持沉默。您当然可以告诉对面您的丈夫，我甚至还想要他的烟盒。"

"当然——可以啊。"她表示乐意，但就算她在心里对这个囤积银器的人感到奇怪，他也改变不了什么了。

当德泰撤下宴席时，那位夫人的烟盒就到了他的手中，而在晚会进行过程中，他又得到了她先生的烟盒。因为他又无耻地偷来了米丽娅姆和帕特森的烟盒，所以他的口袋沉甸甸的。这两个人都没说赠礼不见了，而是以为放在了别处。

罗伊迫不及待要与德泰跳舞。他当然不会立马就同她泛谈香烟盒，再具体聊到赠送的烟盒，而是在谈话过程中提出到底应该感谢谁的问题。

"这我也不知道。"德泰看上去很诚实，"它们是宴会开始一小时前被送过来的，没人比我更惊讶的了。"

"啊，不至于吧！没有附上一封信吗？"

"我没能发现什么，尽管我已经仔细检查了送来的包裹。因为一共有六十个烟盒，而且我们今天正好有六十个人，所以我可能猜对了它们的用途。它们确实漂亮，不是吗？"

"工艺精美。"罗伊接着说起了其他事情，因为他意识到，想通过她来知悉背后的那个人是不可能的。如果她刚才找了一个借口，那么她的谎言就太过精妙了，让人无法戳破。

罗伊离开了舞厅，来到一个有酒吧的小房间。他在那里看到麦克罗宾森坐在沙发椅上，端着一杯鸡尾酒，手拿着烟盒。

"教授！"罗伊说道，"您怎么说？"

"我就像是遭了当头一棒！我们必须立刻将这些东西带回去检查。"

"我很高兴您来了，我一个人无从下手。我可不是镭专家。"

"我诊所里也没有镭，不过，我当然了解这东西。"他从口袋里拿出第二个烟盒。罗伊笑了。

"说说，这是从哪儿来的？"

"从杜兰德太太那儿拿的。这个女人对待自己的东西很大意。"

罗伊不做声地在桌子底下展示他拿到的五个烟盒，直言不讳地说起他是怎么弄到它们的。

"这些香烟我们当然也不会抽。"麦克罗宾森说道。

"我们是雅客。"罗伊笑了。

"是奥尔加·杜兰德！"教授匆忙低语一声。

这个身穿华服的女人正在靠近他们的桌子。他们站起来，拿来了她要的鸡尾酒，又搬来了一张椅子。

"你们看看,我丢了那个漂亮的烟盒。"她笑着说道,"真糟糕!什么东西只要一经我的手都找不到了!"

"都这样?没那么糟糕吧。"麦克罗宾森轻快地说道,但罗伊听出了他严肃的暗示。

"就是这样的!"她激动地反驳道,"这有时候真让人担心——"

"既然这样的话,太太,您就该对一位出色的医生敞开心扉。"

"就比如说麦克罗宾森教授。"罗伊插进话来,微笑地指了指坐在身边的人。

"您是医生?"奥尔加急忙问道,"我刚刚不知道。——不过我现在得回去了,我的舞伴们肯定在找我呢。"她站起身来,两位先生送她到大厅门口。

罗伊在找米丽娅姆,她看上去玩得很开心。帕特森承诺宴会结束后会将她安全地送回酒店。罗伊告辞了,因为他没想到自己竟然同麦克罗宾森说起了真话。他意识到,他这样做违反了自己的原则,因为他将麦克罗宾森当作了熟悉的同事。但在他们达到目的之前,他也许不会同其他人谈起自己的发现。

*

那七个烟盒摆放在罗伊的书桌上,他等着麦克罗宾森说点儿关于镭针的事情,但是医生却只谈论米丽娅姆和帕特森。

"这两个年轻人很快就成为朋友了,不是吗?"他问道。

"是的。"罗伊只用一个词来回答。

"他们看上去互相倾心。"

"好像是。"

"天哪，罗伊！您对这两人不感兴趣？"

"是的。先工作，再关心其他的。"

"我这一生都是这么度过的，所以我现在还是个单身汉。有些男人既在工作，也有时间追求女人，这些人是成功的。"

"在沙龙里！"

"不仅仅在沙龙里！您看这个帕特森——"该死，罗伊想道，他当真被帕特森给迷住了！——"上海最美丽的女人也喜爱这个年轻人，他在生意上也似乎颇有成就。"

"您说的上海最美丽的女人指的是米丽娅姆，对吗？"罗伊笑了，"您今天才看到了三十位女士，在我看来，您的判断操之过急了，教授先生。"

"罗伊，您真的漠不关心吗？还是只是装作这个样子？我没法理解您。"

"我没法追查镭针的同时又探究一个女人。如果您另有想法，那我就只好自己一个人继续工作了。请您见谅，教授先生，但是我喜欢有话直说。"

"我根本没在想特里小姐！"麦克罗宾森抗议道，"我比她要年长一辈，根本不在考虑之列。"

"您这么说，我很高兴。"罗伊说道，好像没有注意到医生失落的表情似的，他也许正在等待罗伊说些套话来反驳他。他轻轻地叹了口气，转向了书桌。

"我们现在做什么？"罗伊兴奋地问道，"我们要把烟盒锯开还是——"

"不用，"教授打断他，"我们不必这么做。您这儿有感光板吗？"

"有的。"

"一定也有能改成暗室的小房间吧？"

"当然。"

厨房的边上有个斗室，他们将厚实的布料悬挂在窗前就能让房间完全变暗。接着，麦克罗宾森将几块感光板在墙架上排开，将烟盒压着几个硬币分别放到上面。

"好了，如果七个烟盒当中有一个真的包含有镭针的话，那么相应的感光板就会曝光，我们就能在上面看到钱币的图案，因为镭射线能够穿透金属，照射到感光板上。"

"如果所有感光板都没曝光呢？"

"那么我们就要在别处寻找镭针了。"

他们锁上了斗室的门，随身带着钥匙。

下一个受害者

几天时间过去了,感光板的实验毫无结果,没有一块上有曝光。罗伊本来想将烟盒物归原主的,因为它们没有害处。

到底有没有一个烟盒中藏着镭针呢?又是谁将这个烟盒带在身边的呢?或者这一切都只是为了将怀疑者引到错误的方向上?如果在晚会上真的有人对他进行了严密观察的话,这个人就会知道罗伊已经弄清了谋杀的秘密,知悉了那四个英国人的死亡方式。因为罗伊在看到餐巾下的烟盒的一瞬间里,没有控制住自己的表情变化。

如果罗伊真的被看穿了的话,那就说明凶手应该对罗伊不够重视。他在寻找那个特定的烟盒——一共有六十个烟盒让罗伊紧张不已,而其中的一个正在发挥着可怕的影响。罪犯对这个英国人的调查却不以为意,甚至没有改变作案手法。

当门外有辆汽车沿街开到罗伊家门前停下时,麦克罗宾森和罗伊正在吃早餐。罗伊猛地将椅子往后一挪,快步走到窗边。整个早晨他都觉得有什么不寻常的事情就要发生,而此时,杜兰德就站在他家门前。

"教授先生,我有客人来访。杜兰德先生,奥尔加的丈夫。如果情况允许的话,我会让您也加入我们的对话。他看

起来心里有事。"

罗伊走进他的书房,拉上了通往餐室的门。那个法国人与詹姆斯几乎同时踏进了房间。

"罗伊先生,又来打扰您,我深感抱歉。但是我很想同麦克罗宾森医生谈一谈。他是不是住在您这儿?"

"是的,"罗伊答道,"您从哪儿知道这事的?"

"从我太太那儿。她在李英的宴会上认识了教授,而我的请求又是如此的特殊,以至于我不想去找任何一位我在上海认识的医生,更不想去李英那儿。"

"请等一下。您现在就能同教授谈谈。"

罗伊请来教授,想要离开,但杜兰德一再请求他留下。

他这才注意到,法国人腋下原来夹着一个用绳子扎紧了的包裹,现在被他放到了一张凳子上。

"我想给你们看点儿古怪的东西,希望得到一些建议。"让两位先生惊讶不已的是,杜兰德脱去夹克衫,裸露出了上身,指了指他左侧的一块皮肤。

麦克罗宾森沉默不语地观察着,看到那个变红了的部位长了一个水疱,震惊不已地往后退了一步,问道:

"您这样多久了?"

"这个地方前天第一次引起了我的注意。当然,要不是还有其他事情让我起疑心的话,我是不会继续观察这点小炎症的,也不会在意它是什么的。"

他火急火燎地打开了包裹,从中拿出一件晚礼服背心和一件丝绸衬衫。

"您请看。"他穿上衬衫,又套上了背心。皮肤变红部位处的衣服上有一道裂痕，杜兰德毫不费力就将其撑大成一个破洞，"您要相信，这丝绸是非常柔韧的。"的确，左边袖子的布料没法被撕开。杜兰德翻出背心的丝绸内衬，左边的布料也是一撕就开。

麦克罗宾森脸色变得惨白，罗伊的眼神也黯淡无光。他拿出杜兰德背心右侧口袋中凸出来的烟盒，递给了教授。烟盒上没有任何装饰图案，纯银材质，颜色暗哑，看上去并无任何特殊之处，但两位先生却看得毛骨悚然。

"您知道是什么东西破坏了丝绸布料，侵入了皮肤吗？"

"知道，"麦克罗宾森声音低沉，"您是在镭辐射的影响下被轻微灼伤了。辐射使得丝绸变得脆弱。"

"什么？镭？怎么会——"他不明所以，不再说下去。罗伊指了指那个烟盒。

"这东西您总是带在身上吗？"

"不是，只是穿晚礼服的时候会带。我上一次带着它是五天前。平常我都是从原包装中拿烟抽的。换烟盒对我来说太麻烦了。"

这习惯救了他一命，罗伊想。

"您这烟盒从哪儿来的？"

"这烟盒我好几年前就有了，是我自己买的。"

"好几年了？"两人异口同声反问道，"但是这里面肯定有镭，您应该早就感觉到了它的影响。"麦克罗宾森补充道。

"没有，"杜兰德坚持道，"这是我的旧烟盒。"

"可能有人把它给换了。"罗伊说道。

杜兰德突然忧心忡忡地盯着教授看。他指着发红的部分：

"这里会好吗?"

"会的。这里的皮肤只是受了些许刺激。但您要是接连五天一直带着那烟盒的话,情况就会变得很严重。"

"是哪个混蛋在背后捣鬼!"杜兰德怒不可遏,"我这辈子还没听到过这样的事情,镭!放在烟盒里!我去找警察,我——"

"嘘!您别让警察掺和进来,要不然事情就闹得人尽皆知了,罪犯也会警惕起来的。镭是从青岛的德国医院偷出来,拿到上海来用作犯罪目的的。您应该是下一个受害者,杜兰德先生。我们很高兴,谋害您生命的计划破产了。这似乎是那个恶棍第一次出差错,而这次差错会让他彻底失败。"

罗伊帮助杜兰德穿上他的大衣。"如您所说,您不常带着这烟盒,所以,可能有人从您这儿将它盗了去,照原样又复制了一个,将镭针放入其中。"

"这种简单的烟盒哪儿都能买到。"杜兰德说道,"如果有人真想掉包的话,是件很简单的事情。"

"这倒提醒了我!"罗伊叫道,"您赶快去买一个新的烟盒,一直醒目地带在身边,这样我们就能骗过那家伙,他也就会感到安心。"

"我不知道该如何感谢你们,我的先生们。一定是我的幸运星把我带到了这里。罗伊先生,我信任您,而且我又听说您的客人是位有名的医生,所以最简单的思路就是到您这儿来了。"

"杜兰德先生,您能避免重大损失,我真心感到高兴。但是我现在有一个急切的恳求。请您离开上海!"

"为什么?这不行——或者——也行,但也许要四周之后。"

罗伊将手放到他肩膀上。

"不要四周以后了！有人想要谋害您的性命，您必须今明两天就离开这座城市，离开中国去欧洲。给自己放个假！如果这里的一切都恢复正常了，您再回来。"

"但是这么仓促——"

罗伊抬起了手，"大家都说您是一个优秀的商人，但是，您如果什么事情都包揽了的话，就是一个拙劣的商人。您肯定有一个能干的代理人，他能在您缺席的时候帮您处理各种事物。再说了，还有电报和电话呢——您又不是人间蒸发了！"

杜兰德看着他，有些难以决断。"您要是一个死人的话，您的财产也就不是您的了。"罗伊说道。

"好。您救了我的命，您说了算。"

"很好。既然这样，我请求您先去伦敦向苏格兰警局的格兰督察报告。他可能会告诉您，您必须留在警局可联系到的范围内，因为如果在上海或在伦敦的罪犯被捕的话，您的陈述将变得十分重要。您愿意这么做吗？"

"当然了！我希望这家伙立马就被抓获。"

"一定！为避免出现我们已经乘飞机到伦敦，而且迫切需要您的证词，而您却还慢悠悠地在海上航行的情况，我建议您也选择航空路线。教授先生就是乘飞机来上海的，一路上感觉很舒适。"

"好的。我会飞过去的。明天我就去旅行公司预定好一切。"

"别忘了烟盒的事！"麦克罗宾森提醒道，"请您放心地告诉所有人，说您身体不适，所以想做一趟旅行。也许罪犯听到了这个消息会相信自己处境安全。"

"如果可以的话，我建议您带上您的太太一起走。在欧洲

度假对她很有好处。"

"我很早以前就想让她去欧洲了,但她拒绝了。"

"既然如此——不管您跟不跟太太一起——动身吧!给我们打电话,我们好赶去飞机场送您。"罗伊向杜兰德道别。

杜兰德离开后,麦克罗宾森仔细检查了那烟盒。烟盒看起来十分紧实,凹陷处和金属夹层间也没法藏东西。

"我们不需要进行实验,"罗伊最后说道,"我确定我们找到了一枚镭针,必须马上通知贝尔格教授。"

"要我把烟盒带给他吗?我们去买一个铅盒,运输就没有危险了。"

"不必了,教授先生。我这里少不了您!贝尔格先生肯定很乐意亲自来拿走自己的财产,也许他还能告诉我们一些窃贼的信息呢。"

他们开始拟写给贝尔格的电报,将烟盒放在暗室里的一个感光板上。

傍晚时分,杜兰德打来电话,说他第二天早晨起飞。他告诉很多人,他之所以要突然去旅行,是身体状况恶化的缘故。他的说辞很是成功,因为他同旧烟盒一模一样的新烟盒随即就被偷走了。也许持有镭针的人认为,镭针已然发挥了作用,再没有什么东西可以阻止伤口的恶化致死了,因而又拿回了烟盒。但他不知道,这个烟盒对他来说已经毫无用处了,原来的烟盒已经到了罗伊手上,放在暗室里了。

"您都同哪些人说过话?"罗伊问道,"有什么人让您起了疑心吗?"

"请您写下所有您记得的名字。"罗伊催促道,"这有可能至关重要。您明早给我名单。您太太跟您一道吗？"

"不。"回答十分简短。

同杜兰德的道别又牵扯出一桩怪事：他默不做声地拿出了——一个烟盒。

"有人相信您还没发现烟盒丢了，所以又放回去一个无害的替代品。这样也好，这件事情您就交给我们吧。"

罗伊目送着他走向飞机。如果罪犯发现自己被骗了的话，他也许会继续跟踪杜兰德，以拿回镭针。——是谁又将新烟盒换走了呢？这是夜里在杜兰德家中发生的吗？这个家伙是不是潜藏在仆人当中呢？

他仔细藏好杜兰德给他的名单，看着飞机在场地上滑行后飞入空中。

谁是索罗索夫?

罗伊小心翼翼地从定影液中拿出感光板,放入一个盛水的碗中。

"我们总算拿到了杀害了四个人的镭针。"麦克罗宾森沉重地说道,然后抬起头来倾听,因为他们透过薄板门听到了厨房里的谈话声。

"但是帕特森先生!"詹姆斯绝望地叫道。当门打开一条缝,那个年轻人快速地窜到他们身边时,两人都笑了。

"这里在搞什么阴谋啊?"他毫不在意地问道,恐惧的阴影似乎在他活力充沛的声音中消散了。

就在这一瞬间,红色的光线消失了,只有教授的手电筒还散发着一束纤细的光。

"詹姆斯!"罗伊叫了起来,从暗室冲到了厨房里。

"在,先生!"

"罗伊,发生了什么事?"麦克罗宾森惊恐万分。

罗伊用手抚摩着自己的额头。

"我不知道,但是灯泡灭掉时,我感觉詹姆斯会出事。"

"啊,里面的灯灭了?"詹姆斯问道,一副非常无辜和诧异的样子,以至于罗伊看着他起了疑心。然后,他的目光落到

带有电灯开关按钮的圆形玻璃板上,随即用手指着詹姆斯威胁道:

"詹姆斯!你不是想透过钥匙孔偷看,把手恰好撑在了开关按钮上吧?"

"我只是弯了弯身,先生,根本就没想到过要动那开关。"

开关在外面,安装在门右边;詹姆斯盯着它,好像看出了什么特别的东西来。

"干得好!"罗伊说道,他的声音听上去如此特别,以至于詹姆斯惊讶不已地看着他。这是讽刺吗?

"杜兰德家又开始办舞会了,我来接您去那儿,"帕特森说道,"或者您没时间?"

"有时间,我可不想做扫兴的人。特里小姐也一起去吗?"罗伊用问询的目光看着他,但是帕特森摇了摇头。

"她想一个人过一个安静的夜晚。"他解释道,"她好像已经厌倦上海了。"

"我也是!"麦克罗宾森和罗伊齐声说道,然后各自回到自己的卧室换衣服。

罗伊的烟盒放在口袋中。他该把它藏在哪里呢?他暂时将它放在麦克罗宾森买来的铅盒之中。那盒子有个闪闪发光的镀镍外壳,看上去也像一个烟盒。罗伊将盒子毫无遮掩地放在低矮的抽烟台几上。如果有人到他这里找镭针的话,肯定会撬开所有的柜子翻个底朝天。大概没有人会想到镭针就显眼地摆放在桌子上,装在一个没被锁起来的盒子里。为保证万无一失,他还暗中塞给仆人一把枪,并指示他不要让抽烟台几离开他的视线。

詹姆斯遵从指令,锁上房门,坐在一把安乐椅上,喝着威士忌苏打,进行着一生中从未进行过的深刻思考。

*

似乎没有一个客人挂念男主人,大家大概觉得在生病的男主人去某处疗养时,由女主人来组织舞会也很正常。罗伊尽可能早地开溜出去,好寻找冯——那个司机。

他在房子后宽敞的车库里找到了他。

"晚上好,冯。"罗伊友好地说道。

"啊,先生,是您啊!"

"是的,冯。我想来看看你。你会待到杜兰德先生回来吗?"

"不,先生,我明天就走。"

"但你的主人还要回来的。他还需要你。"

冯神秘地笑了。

"我的主人不会回来了,我知道的!"

"你在这里,在大城市中已经生活了好长时间了。你还能够适应家乡的生活吗?你会说英语,见识很广,你现在还想回去种地吗?"

"是的,先生。我在上海所做的一切就是为了攒钱买个院子。"

他是中国的另一面,罗伊想道,在上海常常被人遗忘的一面。我很高兴我认识了他。

"您能再多待几天,帮我个忙吗?"

"行啊,先生。为您服务也是我先生的意思。"

"好的，冯。我们还要再去一趟中国城，在我们喝过茶的地方过一夜。"

"听候您的吩咐，先生。"

罗伊陷入思索之中。

"今晚可以吗？可以的话，两小时后到我家，我们在后门碰面。"

"您可以相信我，先生。"

罗伊离开了他，又混入客人当中。他瞅准时机，和麦克罗宾森一起离开了杜兰德家。

回到家中，他们发现铅盒完好无损。

因为已经通知了贝尔格教授被偷的镭针已经找到，所以罗伊希望他尽快将其带回青岛。

当麦克罗宾森看到罗伊走进自己的卧房时，一定以为罗伊睡他好不容易才得到的安稳觉去了。

*

罗伊和冯彼此沉默地走了一段时间，直到罗伊将内心所想说了出来：

"你在杜兰德家做事多久了？"

"六年了，先生。"

"其他的仆人也这么长久吗，还是经常变动？"

"太太这些年里一共有过十个或更多个女仆，除此之外没有新面孔，最多偶尔再请个帮工。"

"真的吗？最近也是如此？"

"是的。有个仆人病了,所以我们请了一个人暂代他。这个人几天前已经走了。"

"是个什么样的人?"

冯有些犹豫,但还是答道:

"我们都不喜欢这个人,但他是别人大力推荐给主人的。"

"谁?"

"这我不知道,先生。"

"他现在有可能在哪儿?"

"这我也不知道。"

是这个帮工将烟盒调换的吗?罗伊已经没有时间再想这个问题了,因为他们已经到了。冯放慢了脚步。

"我们必须弄清楚这个苦力旅馆的老板是否已经找到那个谋杀之夜他在典当商家门前看到的那个人。"

"如果我们这次只是喝茶和谈论那起谋杀案的话,他会起疑心的。"

"没其他办法了,我们只能在那里过夜了。"罗伊果断地说道。冯从一旁看着他,十分惊讶,却也没反驳什么。

那中国人一看见他们,就像问候熟人一般问候他们。这让罗伊觉得很是奇怪。而当这个谄媚的家伙自己说起那桩谋杀案时,罗伊就更加怀疑他了。可惜这桩案子还没查清楚,他对冯说道,还有那天晚上进了那栋房子的人也没再看见。

"你们到我这儿来,不是为了喝茶吧?"他问道,"你们的运气可真好,还有两张上等床位空着呢!"

两人还没反应过来,就已经走进了狭长的睡房之中,这里面只有一盏油灯微弱的光照。不只是罗伊警惕着观察着这不同寻常的环境，冯也若有所思地皱起了眉头。他们当然可以将这个老人用力推到一边，夺门而去，但罗伊很期待看到今晚这场冒险的走向。他们为什么一定要在这里过夜呢？这中国老头遵照谁的命令行动呢？罗伊不像第一次来访时么无助了，因为他已经能懂得常用的表达和语句了。

冯的床位是墙边的一块木板，而罗伊的则完全处在一个角落里。他们显然不能同意这样的安排，冯客气地劝说了好久两人才得到了挨在一起的床位。

他们等待那老头消失在帘子后面，然后冯低语道，他觉得这里的一切都很可疑。

"肯定有人要对我们下手。如果你想走的话，就走吧，冯。我必须留下。"

冯不说话，在床板上舒展了全身，以此表明他不想离开罗伊。尽管睡着了的苦力们不会对他造成干扰，但冯还是静等了几分钟后才像一只猫一样轻轻地站起身来，弯着腰，蹑手蹑脚地沿着狭窄的过道走动起来。他突然又回到罗伊身边，将他吓了一跳。

"先生，这里还有第二个出口。"

他们沿着墙，绷紧了膝盖半蹲着在踩实了的泥地上摸索着前进。他们在房间的背面找到一幅帘子，罗伊轻声地询问冯是否确定这条狭长的过道真的通向外面。

"就在帘子后面有一个很陡的五级楼梯，然后有一道门通向一道狭窄的巷子。"

他不做声了，因为听到旅馆主人同什么人一道走了进来。他们不敢在黑暗的角落里挺直身子，但是紧张地倾听着。

他们听到一阵耳语,但却听不清内容。突然,他们听到有人压低了嗓子叫了一声,然后是离他们最近的木板上睡着的人被推醒了,因为有人开始惊叫起来,一下子把房间里的人都吵醒了。罗伊感到有人在拉拽他的袖子,他也觉得此时悄无声息地消失是个不错的主意。他们匍匐着从帘子下面爬过,帘子仅仅轻微地晃动了几下。要不是冯告诉他楼梯的事情,他肯定就跌下去了,因为那里很黑,而且楼梯的一端是紧挨着那帘子的。通向街道的门发出尖锐刺耳的声音,但是他们不在意了,因为他们已经逃出了陷阱。

罗伊指了指巷子尽头紧邻的两栋房子。

"这不是'极乐门'的后门和王侯的房子吗?"

"是的,先生。"

"那我们就找个地方藏起来,看看会发生什么事。或者,你想尽快离开吗,冯?"罗伊指向一条同这条小巷连通的较为宽阔的街道。

冯无声地走在前面,往典当商的家中走去。四周黑漆漆一片,他们身穿深色的衣服,没人能够看见。他们没有任何的墙面做掩护,只好横穿过铺满各种垃圾的巷子。他们来到街道的另一侧,那里有些许个残破的窝棚,看不出来里面是否有人住着。

冯和罗伊试着辨认出对面发生的事情,但却什么也看不到,只听到两个人的声音。他们猜测得没错,那个中国老头和他带到睡房里的人走进巷子里了。一道纤细的光线亮了起来。那老头手提着一个灯笼走在黑暗之中,但是只顾着自己所在的一侧。他慢慢地走向典当商的房子,灯笼一左一右地摇晃着。那隐隐约约的灯光间或扫射在走在老头身后的那个男人身上。现在，他们加快了脚步，罗伊认出后面的那个男人也是个中国人——但他的右脚并不跛足。

冯激动地抓住了罗伊的手臂，想要说些什么，但又沉默了，因为他看到那两个人走到同他们一样的高度了，很容易就能够发现他们。

罗伊屏住了呼吸。

那老头将灯笼递给了同行者，他的脸因而清晰可辨了。老头敲了敲做鸦片生意的那栋房子的一扇小门，也许想问里面的人刚才是否有两个人进去了。简单交谈几句后，门就关上了，这两个中国人似乎已经相信罗伊和冯找到了通往小巷的出口，早就已经身处安全之处了。那老头提着灯笼慢腾腾地往他自己的房子走去，而他的同行者则消失在黑暗之中。

"他到王侯家去了！"冯小声说道，激动不已，"他就是我跟您提起的那个帮工。"

"你没搞错？"

"没搞错，先生。"

"那我们必须仔细查看典当商的房子。"罗伊说道。他们等候片刻，当黑暗中不再有动静时，小心翼翼地走到了另一侧。

也许出租床位的店主一直就同其他人沆瀣一气，罗伊想，而他说他在谋杀发生的夜晚看到的那个男人跛足其实是骗人的诡计。

这栋细长的老房子黑黝黝地立在他们面前。房后的入口处很容易就能找到。罗伊只听得见冯轻微的呼吸声，有那么一瞬间，他感觉有人抽出了匕首站在他身后。他迅速转过身来。没

有人。他紧张的神经同他开了个玩笑。他绝不是软弱之人，但想到背后被人捅一刀还是感到毛骨悚然。至少，他现在能肯定冯是可靠的。要是他此时对他还有所疑心的话，那现在这情形就不堪忍受了。

这道门有一个插销，但没有锁。冯从口袋里拿出一把刀，小心地将刀刃从上往下插入门与墙之间的窄缝中。大约到齐腰的高度时，他感受到了阻力，就像是有一道门栓从里面拴住了。门是不是只能从里面打开？是不是有人给那个中国人开了门？但他们没有听到敲门声，也没听到任何低语声。冯把腰弯低，从下往上让刀刃在缝隙间移动。他猛地一下撞击受阻的位置，"咔擦"一声轻响，门向外打开了。两人僵住不动好一会儿。罗伊又紧张得头皮发麻，他早就该知道，他在这栋房子里可不会被当作贵客来迎接。

冯此时小心地打开了门，房内漆黑一片，什么也看不见，因此罗伊亮了一小会儿手电筒。一个木楼梯通到地下，罗伊估计大约有五到七级阶梯。他们一步一步摸索着向下爬，来到一个四周砌了石墙的一小段过道里，罗伊闪了一下手电，看清了地形。

他们在黑暗中继续向前，在通道底部右手侧又发现了一道门，用刀刃向下一抵就撬开了。狭窄的门缝里透不出一点光线，他们所进的房间实际上黑洞洞的。罗伊快速回头扫了一眼那个过道，一切似乎都很正常，没有人发现他们的闯入。

有什么东西窜到了罗伊穿着平底布鞋裸露出来的脚面上，罗伊竭力忍住不咒骂出声来。两只眼睛闪着亮光——原来是一只猫让他们受了惊吓，这会儿它轻声喵了一声。冯踢了它一脚,它就消失了。

"光!"这话从冯口中传来,声音很轻。罗伊于是又打开电筒,让光线在黑暗中掠过。光线照到他们对面墙上的那扇门时,他不由自主地顿住了。是他看错了吗?还是那门真的一寸一寸地被打开?

没等他弄清楚是怎么回事,冯就将他拽到了一边。有什么东西翻倒了——然后一片死寂。

毫无疑问,此时房间里还有第三个人,但这个人不知道他们所处的位置。如果他发出声响或者开枪的话,那他就暴露了自己的位置,将自己置于危险之中。几秒钟的时间显得无限漫长,总得做些什么来结束这种状况。

罗伊感到冯离开了他的身边。他随即听到了剧烈的喘气声和呼吸声,忍不住打开了他的手电。这光线照得正是时候,他忠实的伙伴因为力量不及对手,正处于下风,情况十分不利。那人被光线一晃眼,暂时放开了冯,抬起了头。这短短的几秒钟已经足够罗伊瞄准他的下巴打出一个上勾拳了。那人像一个沙袋一样,瘫软到地上了。冯站了起来,眼里满溢着钦佩,罗伊笑了。

"快!我们要在他缓过来之前将他绑起来。"他说道。

他们将这个瘫软的人拖到欧洲装饰风格的副室,将他放到一把椅子上,冯从口袋中抽出一根细绳,然后将那人绑好。

那人不一会儿就恢复了知觉,眼睁睁地看着冲他幸灾乐祸的冯。

"你问问他,是谁雇他来这里帮忙的?"罗伊说道,"我去查看一下这栋房子。"他一边说着,一边研究着被绑者的表

情。那人还是如此前一般既愤怒又恐惧。

罗伊消失在那道门里，手电筒的光束给他指明道路。他顺着一道楼梯往下走，来到了一个装饰豪华的房间里。一张巨大的雕花写字台立即引起了罗伊的注意，但他在探究它之前先检查了其他装修寒碜的房间。尤其那个被害人接待客户的小房间，似乎在表明典当商的生意亏空，没什么铜钱进账。一张木工粗糙、内里中空的长桌像一道栅栏，将房间分成两部分，再加上几条不舒适的椅子，就是整个房间的全部家具了。

罗伊折回到写字台那里，在一个托盘上找到一串钥匙。看起来，这个帮工要做的事情被打断了，因而将钥匙留在了这里。警察发现尸体的时候没有发现任何票据，但罗伊现在却发现了一大堆。这些票据可能是被人事后拿到这里来的，因为在这个房间里，到了晚上把窗一关，就不会有人来打搅。

罗伊不加选择地将所有找到的票据兜进一块布里，扎成一个包裹。与此同时，他在考虑何处能不受干扰地翻看这些票据。他绝不会将它们带回家中，因为尽管这家伙可能认不出乔装打扮后的他，但他的同伙或许已经知道哪里可以找到这些票据了。

他回到冯的身边。

"我检查完了。"他匆忙说道。

"那这人该怎么办？"

"我们就把他结实地绑在椅子上吧。"罗伊检查了一下腿部是否已经绑紧。

"但是——"冯摇摇头。

"我们不能对他做什么。"罗伊耳语道，"这是警察的事情，我们今晚就把他们叫来。如果我们立刻就叫警察来，我就不能带走我需要的这些票据了，明白吗？"

冯默默地点点头，为确保万无一失，又对着那叫嚷着的人的下巴来了一记上勾拳，然后两人快速地离开了那房子。当他们走在巷子里时，罗伊已经知道这些票据可以暂时存放在何处了——存放在米丽娅姆那里，外滩上的酒店里。没有人会去那里找它们。

罗伊回到家中，换了一身衣服，同冯和詹姆斯一起开始研究那些票据。为避免惊扰麦克罗宾森的睡梦，他们来到了厨房里。

冯将中文翻译成英文，罗伊详细记下他所说的每一字一句。过了一会儿，他就放弃了报警的想法。真正罪犯的一个帮凶被抓捕有什么用呢？不，他一定要搜集到足够的证据，以控诉所有牵涉其中的人，让他们最狡猾的诡辩也毫无用处。

第二天一大早，他就开车到外滩的新格罗夫纳酒店，因为罪犯可能会在不同的地方寻找这些票据，但肯定不会找到米丽娅姆·特里这儿来。

"我还能以这种方式派上用场。"米丽娅姆说着，将装票据的文件袋放进一个箱子里。

"如果您愿意的话，我们的事情您还能帮上忙。"

"我当然愿意！"

"但是我给您分配的角色需要表演天赋，我不相信，米丽娅姆——"

"谁准许您叫我'米丽娅姆'了？"她冷冷地说道，"谁听到了都会以为我们之间有深厚友谊，而且——"

"——这绝对不行!别人应该认为我们是毫不相干的陌生人。"罗伊嚷道。

米丽娅姆微微一笑。

"既然这个角色的情况跟事实相符,那肯定不难。"看到罗伊一脸迷茫的表情,她开心地笑了,"现在呢?您觉得我的表演天赋如何?"

"原来如此!"他附和着她的笑声,"演练结束了,现在我想让您熟悉一下您的任务。请您仔细听我说。"

她的金发脑袋深深地埋在那些票据里——她将它们又从箱子里拿了出来——她一次也没打断罗伊。

"谁是索罗索夫?"罗伊讲完时,她问道。

"我还不太确定,但已经有了嫌疑人,我暂时还不想说出他是谁。"

"我认识这人吗?"

罗伊点点头。"认识。"

她沉默了,陷入沉思之中。"我什么时候表演我的戏份?"

"明天早晨。我会提前给您打电话的。希望贝尔格教授那时已经到上海了,我无时无刻不在等待他的到来。"

他们有力地握了握彼此的手后,罗伊离开了酒店。

*

詹姆斯迎面向他走来,手里拿着一封电报,电报里说贝尔格当日下午到达上海。罗伊高兴地吹起口哨,来得可真巧。麦克罗宾森也很高兴,因为他再也不用看管那枚镭针了。他坐在房间里读着书，装着那个烟盒的铅盒就摆放在同一个房间的抽烟台几上，他紧张得每过几秒钟就打开盖子来看看，确认那宝贵的烟盒没有被幽灵从他眼皮子底下偷走。

快到三点时，贝尔格教授和迪伦小姐到了。贝尔格教授惊讶地将烟盒拿在手中翻来转去地看，让他们带他去看了相片感光板。他的感激如此真诚，以至于罗伊为帮助了这样一个人寻回他的财产而感到高兴。

"我们会找到第二个根镭针的，教授先生，"罗伊自信地说道，"但是我需要您的帮助。"

"乐意之至！"贝尔格叫道。

罗伊同时也转身面向麦克罗宾森。

"您是否知道，"罗伊问道，"劣等的宝石或无色的廉价刚玉经镭射线照射后价值可翻二十至三十倍？"

"有人做过这种尝试。"贝尔格激动地证实道，而麦克罗宾森则点了点头。"如果我没记错的话，无色的刚玉会变黄，变得像黄玉一般，而其他宝石暗哑的颜色会变作透亮的祖母绿和与蓝宝石相近的颜色。将刚玉和微量镭一道放入一个小盒子中，再将盒子封闭几个星期的时间。这样就大功告成了。"

"但是这能产生什么商业影响，我就不得而知了。"麦克罗宾森补充道，"我还没听说过有人通过这种方式而成为百万富翁的！"

"但是我能！"两位先生怀疑地看着他，"这种实验会让外行人惊得目瞪口呆，不是吗？再通过花言巧语，许诺他们将来能有成千上百万的钱财入账，就能让这些人拿出大笔钱来。有许多人会被愚蠢的伎俩所欺骗。您可以想象一个从未见过这些

把戏的年轻人,如果某个他所熟悉的人宣称他找到了贤者之石,将劣质的宝石和镭放在一个盒子里,为保证宝石不会被蓄意调换而将整个盒子交给银行或者这个年轻人保管。几周之后,廉价的石块如前所述发生了变化,此时又有珠宝商准备好了开出比买入价高出许多倍的价格。这不具有迷惑性吗?我们再让一位年轻貌美的女士参与其中。这位女士足以匹配那些昂贵非常的礼物,又绝对能引起我们那位年轻人的注意力。这样一来,所有的前提条件就完备了,于是那位年轻人就会逐渐将他的财产交给那位年长可靠的老朋友,并深信在可预见的将来就能够收获个盆满钵盈。"

"您说的是谁?"麦克罗宾森惊讶地问道。

"说的是那个谋杀了威尔斯、罗伯特·龙、雷金纳德·伍德爵士和乔治·莫里斯的人。你们明天会知道他的名字,但我今天也可以透露一些。昨晚我收获了一批票据。"

"昨晚?"麦克罗宾森反问道。

"没错。调查见不得人的生意最好是在夜里。"

"罗伊,我真是看不透您!您昨晚可是跟我一起回的家!"

"然后我又出门了。但是事情已经过去了,您不用担心了,教授先生。您看,我不是毫发无损地逃脱了吗。"

"我刚要设想,您——此次获取票据的夜间行动可能会有另外一种结果呢,罗伊先生。"

"亲爱的教授,我为正义而战,因而无比坚信,我最将是获胜的一方。你们笑了,我的先生们!你们不会知道,这一单纯的信念在我的一生中已经帮了我多少忙。诚然,为此,我内心完全充满了善终将战胜恶的信念,并以此作为行动准则独自行动而不信赖他人。现在回到票据上来。那个凶手、诈骗者自然不会蠢到把一切都明明白白地写下来，好让我的工作简单一些。但我找到了一些真的和虚假的收据。真的收据不是原件，而是副本，被整整齐齐地装订在一起，就像是正规商行里做的那样。根据这些收据，这骗子从那四个年轻的英国人那里拿到了几笔数目巨大的款项。谨慎起见，这些欠款的用途并没有在这些表格中注明，但却可以从虚假的收据中推断出来。根据这些收据，这些巨款用于支付从美国运送来的镭和成袋购进的刚玉。如果这些年轻人不那么自私自利、只愿意自己一人变得如洛克菲勒般富有的话，那么他们就会同其他人说起这件事情，或许有人就会教导他们，如果镭如此大批量地被贩卖给私人的话，专业圈子肯定会就此事进行讨论，对其目的做各种疯狂的猜想，而这些猜想甚至可能会占据当日的各大报纸。但是这些人沉默了，也许想让他们的朋友利用'贤者之石'发财致富，自己则从中坐收红利。"

"这样的弥天大谎一定会被揭破！"贝尔格喊道。

"我正想说这一点呢。他们当然会起疑心，当他们被洗劫一空时，最终还有可能威胁要上报警察。到这时候——他们就得消失了。诈骗者早有准备，或许在整个交易开始不久后就让带有镭的烟盒发挥作用了。这些年轻人死去了——他们的钱财神秘失踪。凶手又将烟盒取回，同样的骗局又重新开始了。

"在伦敦被杀害的米尔斯律师肯定警告和劝诫过他的客户乔治·莫里斯，向他询问过他要这么大笔的钱款究竟做什么。这时，莫里斯就会得意于自己的商业头脑，而在某封信中提及此事，而米尔斯则在乔治被杀害后记起了此事。但他还没来得及将

相关的信件或其他材料拿给我们和老莫里斯看,就被封口了。

"您认识奥尔加·杜兰德,教授先生,这个女人也是这一骗局的受害者。她很有可能负债累累,因而在这样有利可图的生意出现时,就参与了其中,但却只字没同她丈夫提及。她甚至可能被利用来引诱社交圈中其他想要发财、但却什么也不想干的人入伙。杜兰德先生发觉了她手上的首饰不再是真的,而是仿冒的假珠宝。也许是她因为需要钱而典当了它们——不管怎样,它们曾经到过那个典当商手中。典当商于当夜被谋杀,杜兰德也在同一个夜晚察觉到了这个骗局。与杜兰德太太串通一气的某个人又用原件的珠宝换回仿冒品,所以丈夫不得不在几个小时后惊讶地承认一切正常。典当商只接受珠宝作抵押,赎期一过,他们就用这些珠宝安抚焦躁不安的合作伙伴,并告诉他们,这些就是从刚玉转变而来的珠宝,并将珠宝交予他们,好让他们自己通过向珠宝商转卖这些珠宝而相信它们的价值。"

"但是亲爱的罗伊,人们不会没有确认镭的存在就拿出大笔钱的!"麦克罗宾森提出反对意见。

"这样,先有第一枚镭针,不久之后又有第二枚镭针证实了刚玉石的变化。诈骗者可能展示了成批的探针,声称里面熔进了镭。您别忘了,这里所涉及的都是年轻人,而不是这个领域的专家。人们不是从没见过实物却也购买了银、钻石以及矿产的股票吗?对油井的投资不也一样吗?"罗伊微微一笑。"比如我就有六只银狐,我希望它们在美国的农场上身体健康。我从没见过这些狐狸,但又不得不相信,它们的确就在那里产崽繁殖,并将在可以预见到的将来为我盈利。因为莫里斯和其他年轻人亲眼见到半宝石转变实验的成功,所以就对此确信不疑了。"

"那么,谁是这个诈骗者和凶手呢?不可能是那个典当商,因为在他死后,杜兰德先生又受到了威胁。为什么那人想除掉他呢?"麦克罗宾森问道。

"因为杜兰德极力想要调查这个秘密,而且找对了线索。有人偷听了杜兰德和我在他家中的一次对话。从那时起,杜兰德就受到了威胁。——您说的没错,典当商只是真凶的走狗。"

"那么他为什么会被谋杀呢?"

"凶手肯定知道那四个英国人的死显得十分可疑,有人正试图查清此事。再加上杜兰德的怀疑,烟盒的阴谋不仅失败了,烟盒还意外落到了杜兰德手中,总而言之,对凶手而言,情况是四处起火,这一切都要尽快清除干净。凶手必须与知情人友善相处,或者,要是他们太过固执,要求太高,总是构成威胁,甚至有可能发展成敲诈勒索的话,那么凶手就要让他们变得无害。那个晚上的时机尤其有利,因为凶手可以将凶杀伪造成一个谋财害命案,或者是发生在典当商家的一次激烈冲突。"

"您不想告诉我们这个可怕人物的名字?"麦克罗宾森问道。

"明天你们就知道了。这是我能给予他人最大的信任了。在这个案件中,知情可能会有危险,教授先生。"

"我并不怯懦,罗伊先生!"

"您已经证明了这一点。"

"您认为典当商是唯一的知情人吗?"贝尔格明显有些不高兴了。

"不是。肯定还有一个——那个在您的医院偷镭针的人。"

"这只能是某个员工干的。"贝尔格激动地说道,"迪伦女士认为她能够认出那个家伙来。那是一个中国人,在我们那里工作六个星期后悄无声息地消失了。青岛的警察用尽了一切办法也没找到那个家伙。"

"如果我没弄错的话,您会在上海再次见到他,教授先生。"

"不管怎样,这个团伙里似乎都是中国人。"麦克罗宾森满意地断言道,"如果有英国人参与其中的话,那就太让人伤心了。"

罗伊沉默了。

"我可以怎么帮您?"贝尔格问道。

"您明早八点从这里把我接走。"

"就这样?"

"是的,暂时就这样。"

"偷镭针的窃贼我大概不能看见活人了吧。"贝尔格说道。

"为什么不能?"罗伊表示十分惊讶。

"您不是自己说了,一切都将浮出水面,凶手打算清理掉知情人。所以——"

罗伊一跃而起。"天哪!贝尔格!您说得有道理!我犯了一个大错!"

"罗伊!您失控了!"贝尔格和麦克罗宾森也激动地站了起来。

"是的,因为我办事的时候没戴黄色手套!"

罗伊冲出房间,又立马折了回来,请求贝尔格陪同他一起出去。

"要不要我也——"麦克罗宾森的话说了一半。

"不用!有三个可靠的人证明他的清白就够了。"

"三个？"

"是的，因为冯也要来。"

"烟盒！"贝尔格一边嚷着，一边往外走。

"我会继续看管的。"麦克罗宾森顺从地嘟囔道。

*

罗伊接了冯后先去了领事馆，之后又来到警察局。那里的警察客客气气地对罗伊说，他们很愿意拘留他。

"但是罗伊先生是同苏格兰警局合作办案的！"领事馆的官员竭力强调，他是被派来帮助罗伊的，"他用自己的方式查清了这起不明案件，这没什么好指责的。"

"正如罗伊先生自己所言，他闯入了一所民宅，捆绑了一个人，还偷走了不少票据。"警察如此答复道，可惜所说的均与事实相符。

"那些票据明天就交给你们处置。我不管怎么样都要求助警察的。但我今天必须来找你们，因为我担心，当你们找到那个被绑之人时，他已经被谋杀了，而现场无论什么东西上都能够找到我和冯的指纹。您也许已经从从某些地方得到了一些暗示，因而很快就会调查到我身上来。而对于那些真正的罪犯而言，最好的事情莫过于让我没法采取行动了。要不是贝尔格教授提醒我的话，尽管他并不知情，我现在已经陷入困境之中了。我向您起誓，请您在明天之前相信我！"

那警官派人打听至此为止警察是否听说中国城内有新的谋杀案。答案是否定的，罗伊、贝尔格、冯以及两名警察于是一

同出发前往中国城。

午后的热气在狭窄的巷子里蒸腾发酵。他们看到那个苦力旅馆的老板站在一扇门前,一看到他们就闪电般迅速地躲进了屋里。

罗伊停下了脚步。

"那个人知道些什么。"他确定地说,"你们必须问问他,为什么他昨天夜里想要用暴力将我们囚禁在他房中,又是谁让他这么做的。"

让罗伊万分失望的是,这两位警察对于新情况完全不了解,冯足足劝说了五分钟他们才明白过来。他们允许罗伊和贝尔格一道进屋去,与此同时,另一名警察留在街上,观察附近的情况。

他们刚发现那个蜷缩在黑暗角落里的中国老头,外面的警察就吹起了刺耳的哨声,所有人都冲出房去。罗伊抓住那老头的手腕,轻轻一拧,那人就大声哀嚎起来,但乖乖地跟着走了。

巷子里挤满了人。罗伊从喊叫声中听出,典当商家门前停了一辆黄包车。那愚蠢的警察立马就吹开了哨子,当然不仅被房内的人,也被黄包车里的人听见了。那苦力迅速调转黄包车车头,带着他的客人跑开了。兴致勃勃围观的人群使追踪变得不可能。

他们暂时离开了那个中国老头那儿,打开了典当商家的门。罗伊把他的俘虏交给了冯。冯比那老头高大许多,显然能够震慑住他。

罗伊一刻也不耽搁地向前走,走进了他们绑了人的那个房间。

那人的脑袋向前垂着，被绑者的整个身体软塌塌的。贝尔格轻轻叫了起来。

"我认得这张脸！迪伦小姐可以确认这就是那个在医院做过工的人，偷镭的窃贼！您自己问他，罗伊！"

"他没法回答，因为他已经死了，是枪杀的。"

冯沉默地走向一个壁橱，从里面拿出一瓶烧酒。他将那人的头往后拨，尝试向他嘴里灌酒。

"不是的，先生，这人还没死。"他冷静地说道。冯摇晃他，"谁？是谁开的枪？谁？"

轻微的呻吟声。一名警察往他的头上泼水。他们给他松了绑，小心地将他安放在一把长沙发上。

"谁？谁？"冯不停地追问着。罗伊的耳朵紧紧地贴在将死之人的嘴边。

一阵模糊不清的喃喃细语："索——罗——索夫！"

"索罗索夫！"罗伊径自重复道，然后大声喊道："谁是索罗索夫？"

"索——罗——"

"对，对，索罗索夫。但是他是谁？索罗索夫长什么样子？像你一样的中国人？一个白人？"

那中国人呻吟一声，冯又给他喝了口酒。罗伊迅速转向那两个警察。

"你们听到了，是索罗索夫开枪杀了他！"他越过肩膀叫喊道，然后快速地再次弯下腰贴近那中国人的嘴边，"索罗索夫——长——什么——样子？"他沉默了。

罗伊所有的毛孔都在发汗。

"索罗索夫像你一样是中国人吗？还是像我一样是白人？"

躺着的那人呻吟着来回晃动脑袋。

"中国人？"罗伊问道。

摇头的动作。

"白人男性？"

又是向一边摇头表示否定的动作。

不是白人——也不是中国人。

那人死在了他的面前。索罗索夫除掉了第二个知情人。下一个轮到谁呢？

罗伊转身面向那个中国老头，三步两步就走到他身边。

"你昨天晚上带到我们床铺边上的人是谁？"他大声问道。

那老头不说话，指了指死者。

"除了他之外还有另外一个人——他站在帘子后面。"罗伊断言道，只是碰碰运气。

那老头惊讶不已地看着他，罗伊于是明白了那个刚刚死去的人之前的确是一个人来的。

"他想做什么？"冯翻译了罗伊的问话，"为什么他要打听我们的消息？"

"我不知道，"那老头带着哭腔嚎叫道，"前天夜里，他到我这里来，向我打听是不是有个白人来跟我聊起那个典当商的死。我说，没有，只有两个中国人来问过，但是其中一个看起来有点可疑。然后他说，他每天晚上都会来问话的，而且这两个人再来的话，我应该想办法把他们留住。"

"他给了你钱？"

"是，但只有几个铜钱——"

罗伊对他拿到了多少钱并不感兴趣。

"这是你在典当商被杀的夜晚在他家门前看到的人吗？"罗伊指了指死者。那老头不确定地看着他，然后摇了摇头。

"我就知道。"罗伊对贝尔格说道，"他在那个晚上看到了索罗索夫。索罗索夫，那个走路一快一只脚就拖着的那个人。"

"您想怎么找到他？"

"我知道他是谁。"罗伊轻声说道，"这些中国人的直觉真令人吃惊。"他摇了摇头，"不是中国人——也不是白人。真奇怪，我就从没想到过这一点。"

贝尔格听着这些话，但却不能理解其含义，不过也没时间询问这些了，因为罗伊已经转身要走了。这里就让警察做他们该做的事情吧。死者说出了凶手的名字，清白的人不会再遭到怀疑了。

罗伊迅速开车来到邮局，给苏格兰警局拍了一封长电报，宣布他不久就会回到伦敦。

"我将毫发无损地带回所有出于好意去了上海的人。请您做一些准备，最后一场好戏会在英国上演。"

在这之后，罗伊请求冯做最后一件事情。如果太太离开家的话，请他打电话给他。女仆玛德莱娜已经在去法国的途中了，因此在太太外出时不受干扰地翻阅她的信件应该不是件难事。

奥尔加·杜兰德出生在俄国，此后在浮世中混迹闯荡，漂泊不定。正如同人们在他最初到达上海时所告诉他的那样，她在同杜兰德结婚之前，名声并不好。

索罗索夫！如果他不是俄国人的话，至少肯定是斯拉夫人。这个人也像奥尔加一样四处游历后居住在上海。他们是不

是早就互相认识，认识的程度也比他们对外承认的要深？罗伊猜测，奥尔加并不知晓索罗索夫所有的犯罪行为，但他也许能在她房中找到线索来确定最主要的事情。这是当下最为重要的。

罗伊的手焦急地颤抖着。他此刻就想揪住那人摇晃他，直到他承认一切。但他现在必须等待——等待在恰当的时刻突袭他。

*

冯在傍晚时打来电话，说太太去朋友那里喝茶了。

罗伊一刻也没耽搁，在车库里与冯碰面。

奥尔加选择了她自己开的那辆小轿车，要不然冯就不得不陪着她去。

从侧面楼梯进入奥尔加的房间而不被人发现很容易做到。那张精巧的写字台所在房间只有一扇通向一个小沙龙的门，冯在那里把风，以防有人出其不意地进入那个房间，发现罗伊。

罗伊用一把撬锁工具打开了所有门和写字台的抽屉。他快速打量了一眼那些杂乱无章的信件，然后细致地研究起那些装满了整个抽屉的照片来。他伏案钻研了二十分钟后，揣走了几封信件和照片；抽屉里这样乱作一团，太太是不会马上发现丢了东西的。

罗伊离开了杜兰德家，没被任何人看到。他完全可以给自己留更多的时间在那儿的，因为太太整夜都没回家。

虚张声势

那辆租来的汽车在李英家门前停下，米丽娅姆从车里走了出来。她检查了手提包的拉链，因为里面有三千英镑，米丽娅姆的身上还从来没带过那么大数目的钱。但是罗伊希望李英看到这些钱后会丧失头脑，而一本支票簿在这个贪婪的人身上不可能起到同样的效果。米丽娅姆将包夹在腋下，通过那扇常年不锁的大门，走进了宅子。

两名高大健壮的中国人在大厅里看守着，不让人进一步闯入宅子内部。米丽娅姆递上了她的名片，要求同德泰面谈。

她被带到一个环形房间里，米丽娅姆一步也不敢踏上那珍贵的象牙色地板。墙面上挂着亮色丝绸帷幔，与地板十分相衬。她的目光落到丝绸上异域风情的花朵上。地面上有一只纤秀的陶瓷花瓶，里面插着各种颜色的菊花。房间里没有窗户，天花板上的一个个乳白色灯罩里流淌下柔和的光线。正当中是一个巨大的座垫，像地板上生长出来的一朵巨型花朵，上面堆满了颜色柔和、质地柔软的丝绸软垫。还有一张银质板面的亚光色矮桌、三把绸面沙发椅——这些即是房间里所有的家具了。

米丽娅姆身后的门早就悄无声息地被锁上了，但当她听到

不断靠近房间的脚步声而转过身来时,也没能发现墙壁帷幔上的分割处。她迷惑不解地跑回原处,直到发现一个银色的小按钮和旁边极其微小的缝隙时,才感到满意。这就是门了,她记下了按钮所在处花朵的颜色和形状。

米丽娅姆突然觉得自己不是独自一人在这个房间里。她环顾四周——没有人。有人在观察她吗?德泰就站在近旁,通过一个秘密的小孔看她吗?她真想尽快离开这栋房子,但她不想让罗伊失望。她的心抽搐着——因为她此时明白了许多,或者说明白了一切。她闻嗅着纯粹的玫瑰花香,突然兴致大发,想让那躲在暗处的观察者大吃一惊。有没有人曾经在这房间里大声吹口哨呢?米丽娅姆这么做了。她不耐烦地跨着大步,绕着那个圆形座垫走着,自娱自乐地吹着一首流行歌曲。香烟也会破坏这个房间的芳香气味吧,既然这样,来根雪茄吧!她从烟盒里拿出一根香烟,乐不可支地点燃了她的打火机。第一团烟雾飘上了天花板。她没找到烟灰缸,所以就从桌上拿来了一只银碗,将里面的花插到养着菊花的花瓶中,将里面的水也倒了进去,这样,她就能在银碗里弹抖烟灰了。要是谁敢继续让她再等下去的话,那这个房间就将淹没在缭绕的烟气之中。

米丽娅姆一边蓄意破坏着这个独特房间的迷人魔力,一边想象着她的未婚夫,还有其他年轻英国人是如何在这里被德泰迷得神魂颠倒的。——罗伊呢?如果那个美丽的中国女人在这里接待他的话,他会像乔治和其他年轻人一样意志薄弱吗?她低声笑了。不会的!他太聪明了,德泰这样的女人对他而言丝毫没有神秘感,因此也就构不成威胁。我必须弄清楚,为了完善迷惑效果,是否还要端上现代的爱情魔汤"鸡尾酒"

呢？——米丽娅姆想着，把自己给逗乐了，而此时德泰倚靠着墙壁，出现在了她的对面。

这中国女人在这样的光线下显得明艳动人。她穿着一条拖地的橙红色丝绸居家长袍，从宽大的袖口中向米丽娅姆伸出一只纤弱如玉的手。后者有力、真诚地握了握这只手。

"我深感抱歉，特里小姐，但我实在起不了早，所以通报您来的时候，我还没有梳妆完毕。"

"这真的没什么。您看到了，我在等您时，随我自己的方便行事了。"她递给德泰一根烟，她当然拒绝了。

"我马上让人拿烟来——"

"多谢，不必了！"米丽娅姆有力地回绝了，"我只抽这些烟，这是种特殊的混合烟。不过——我能要杯鸡尾酒吗？"

德泰高兴地笑了，款款走到墙边——一朵花魔术般消失了，然后在其后出现了一个内嵌的抽屉，里面装着调酒器、玻璃杯和酒瓶。米丽娅姆惊叹不已。这里还有多少个隐秘的抽屉呢？她脑中闪过一个想法，但她没有泄露内心的波澜。

"这还能播放音乐吗？"她问道，"这样一切就真的完美了。"

她还没说完，柔和的小提琴曲就奏响了。米丽娅姆从她所坐的沙发椅上一跃而起，跑到了墙边。

"让我看看！您是怎么做到的！真是太不可思议了！"她说着大笑起来，因为这个房间的装饰布置完全就为了营造一种气氛，以让年轻男子愿意为所爱的女人摘下天上的星星。富丽堂皇的装饰，宛如奢华珍宝的德泰——这一切肯定都让乔治和那些朋友心中产生了追求财富，好为这个女人购得世上所有珍

宝的愿望。——罗伊一定得看看这个房间，米丽娅姆想道，我想知道他会怎么说。

米丽娅姆感到，她的这一番表现肯定让这中国女子对于英国年轻女人有了不好的印象了，她于是集中起精神来，努力思考如何完成她的任务。她看了眼手表——已经没有时间可以浪费了。

"我们常在各种社交场合上照面，"她语气亲切，"我早就想拜访您了，小姐。我私下里有些打算，您看，我很坦率。"

"啊，我能为您做些什么吗？"

"可以做很多！您知道吗，我很喜欢上海。我本来想要周游世界的，但现在决定留下来。"

"多待些日子？"

"是啊，也许永远留在这儿了。我是独立的成年人了，只要我高兴，谁能妨碍我在上海定居呢？我已经在跟人商讨一栋房子的交割事宜了，因为我希望家中经常能看见客人。"米丽娅姆环顾一下四周，"您真是高雅啊，小姐。"她将香烟拿到嘴边，掩饰自己的笑意，"您能帮我装修我的房子吗？您手头上一定有人能将一切都装饰得那么雅致。"

"非常乐意！"德泰愉快地说道，"没什么比为漂亮的房子设计装饰更令我喜欢的了，而这里的一切——"她做了一个优雅的手势，"可惜都已经完成了。"

"您这里采用的技术真是太让人着迷了。现代化的间接光照，一按按钮就不知在何处奏响音乐的留声机，隐藏的鸡尾酒吧台——真的，我别无所求了，这正是我想要的。"

德泰神秘莫测地微微一笑。

米丽娅姆自然地指着墙壁问道:"这里面还有更多这样的惊喜吗?"

"当然。"德泰起身走起来,米丽娅姆紧随其后。电话机、菜肴传输机——米丽娅姆相信,她的女主人并没有向她展示所有的秘密,不过她现在知道这些东西的运行机制了,并且确信罗伊要找的东西就在这个房间里。

"令尊在家吗?"她竭力将这个问题问得轻松随意。

"他在家。"

"既然这样,我想趁这个机会向他询问些事情。生意上的事情!"她着意强调道,显出事情的重要性。

"额——生意?像您这样的女士?不是吧,特里小姐!"

"我是英国人,小姐,我是一个出色的计算者。我当下的钱财不足以让我过上我想要的生活,所以我想让它翻倍,就是说——让钱生钱。"

德泰若有所思地看着她。

"您想要在中国投资?"

"当然不是所有财产,绝不是!但我可以拿出一部分钱来冒险。您父亲是著名的医生,也是一个——"她的目光在室内游移,"精明的生意人。各方面的消息都向我证实了这一点。"

"您跟罗伊先生谈过了?"

"罗伊先生?并没有。我跟他只有一面之缘,我们在伦敦见过一次,后来又偶然在这里遇见了。我对他真心毫不在意,我相信,这种不在意是相互的。"米丽娅姆笑了,"您认识我的未婚夫,小姐。"她鼓起勇气说道,"他是不是完全是另一种人?不像英国人那么无聊,反而很有趣?"她说不下去了,声

音有些嘶哑。对此德泰并不感到奇怪。她看着她手中的鸡尾酒杯，点了点头。

"我也有这样的感觉。他到哪儿都很受欢迎。他有没有写信告诉您，我父亲给过他生意方面的建议？"

"只是顺便一提，人们对女性说起这些事情时候都这样。但他一定没从中受到什么损失，因为他在这里过得很好。"

"我父亲明天要外出一段时间。如果您想立刻同他谈谈的话——"

"那再好不过了。那样的话，我就可以把一笔数目不小的钱存放在他这里，不用放到银行里了。"

米丽娅姆从德泰的眼睛中读出，她对自己的商业能力是多么的不以为意。但她似乎没有起疑心。

"我去看看父亲在哪儿。您愿意在这里等几分钟吗？"

"我最好跟您一起去大厅里吧。"米丽娅姆说道。

米丽娅姆留心观察房门是如何被打开的，然后才第一个走出了房间，出门后立马转过身来。门咔擦一声自动锁上了，此时再观察墙面，就看不出这里有道门了。

为什么这个中国女子要将她带到这神秘世界中来？因为她的女性虚荣想要饱尝胜利的果实，因而特地要将这个白人女人带到这个乔治·莫里斯背叛他未婚妻的地方来吗？米丽娅姆根本不会这样想，因为这不符合她的本性；但罗伊能够看透德泰这种女人，他在后来这样猜测德泰这么做的原因。

米丽娅姆一个人待了五分多钟后，德泰领着她，直接从大厅进入了一个小房间内。

他的确像只丑陋、衰老的猴子啊，米丽娅姆想道，倒吸了一口气，这是她第一次在日间明亮的光线下看到李英。她看了一眼手表。希望这个老头的客套话能有个节制，要不然花的时间就太多了。不过李英这一天好像自己有急事，也许是出发前有很多事情要安排。

她打开了手提包，当她使用笔记本时，李英一定看到了里面的纸币。他眼神里的贪婪没能逃过她的眼睛。米丽娅姆不自主地看向德泰，但是她方才坐过的位置上已经空了。那中国女子轻手轻脚地离开了这个房间。

"我想投资三千英镑，一笔小数目，到您的大事业中去，您可能会觉得我很幼稚。您当然已经习惯了大数目的投资了，不是吗？"

"三千英镑？"李英眼前一亮，但他脸上仍是毫无表情。

"太少了吗？"米丽娅姆失望地问道，"但这是我第一笔独立的生意，我不想掏出更多钱来冒险了。"

"非常明智，特里小姐！非常明智！其实，我的事业绝没有您说得那么大。——"

"有的，有的！"她打断他的话，"您的确不雇用职员，也不招收工人，没有大面积的厂房，但这正是您的高明之处。您所发现的事物几乎就是魔法啊！"

"您跟许多人谈论过这事吗？"

米丽娅姆又看了一眼手表。

"当然没有！乔治写信告诉我，让我守口如瓶，我很能理解。如果许多人知道了这事，也跟着变刚玉为宝石——大概可以这么称呼这事——的话，那所有的事情就失去价值了。您看，我对生意上的事情也不是一窍不通。"

"甚至可以说相当明智,对一位女士而言。"李英丑陋地谄笑着,"您会得到价值三千英镑的股票,特里小姐,而且会惊讶于它们给您带来的收益。"

肯定会的,米丽娅姆想道,而且是相当惊讶。她好不容易才忍住没笑出来。她天真地瞪大了眼睛,竭力装出一副愚蠢的样子,说道:

"我能——我该怎么说呢——我能见识一下那神奇的盒子吗?求求您了!一定非常激动人心!"

李英的眼睛又眯起了一些,米丽娅姆认为此时该打开手提包,看一眼里面的英镑。

"如果您今天没时间的话,可以以后展示给我看。"她羞怯地说道,"但是,"她激动地拍了一下手,"我真的很想看您变戏法。"

李英似乎相信了她无邪的坦率,于是笑着拿起来电话。他让女儿拿来一个小盒子,所以这东西的确被放在那个墙上有隐蔽抽屉的神秘房间里。

秒针清脆、匆忙地走动着。太晚了!米丽娅姆想。她要是不马上进来的话,就太晚了。

李英听到外面喃喃的说话声,一下子抬起头来。米丽娅姆不知道她是否成功地装出了一副无所谓的表情,还是眼睛里透露出了焦虑。如果他现在拿起一把刀的话——她将手伸进口袋里,紧紧握住那把小型左轮手枪。大厅里传来大笑的声音。她勉强在脸上挤出微笑。

"一定是我父亲来了。"她一边用惊讶的语气说道,一边向门外跑去。希望贝尔格能明白她的打算。

"爸爸！你从哪儿来啊？"她匆忙喊道，"你怎么知道我在李英先生这儿啊？"

贝尔格有些措手不及，犹豫迟疑着；这跟约定好的情形相违背，他需要一秒钟的反应时间。这一秒钟就够了。李英已经起了疑心了，而这意料之外的父女相遇更是古怪。他往墙边迈了一步，但贝尔格已经进到房间里了。贝尔格立刻明白，那中国人已经识破了一切，表演结束了。

李英迅速转过身要跑，但贝尔格喊道：

"站住！手放在背后！"

李英愤怒不已，丑陋的脸扭曲狰狞，想要扑向贝尔格，但却只往前跨了一步，因为他看到罗伊出现在他身后，门内还站了两名高大的中国人，典型的警察。李英瞪着眼看着米丽娅姆，眼神中迸射出如此强烈的憎恨，以至于米丽娅姆很长一段时间里都会在噩梦之中再看到这双眼睛。

"我们指控您用镭谋杀了乔治·莫里斯、威尔斯、罗伯特·龙、雷金纳德·伍德爵士以及谋杀阿方斯·杜兰德未遂。您不必否认。证据已经在我手上！"

"证据？"那人喘着粗气，"您什么也没法证明，真不可思议，警察竟然会出面保护您荒唐的控告！您将证物拿到我——"他突然沉默了，将目光越过所有人投向大厅内。

贝尔格转过身来。

德泰站在那里，但随即又如同幽灵般消失了。

"这里——"罗伊漫不经心地说着，从夹克衫口袋中拿出一些票据，扔到桌子上。

"这是虚张声势！纯粹的虚张声势！"李英想要叫喊，但

他的声音听上去十分古怪,总是压抑着。

"不是虚张声势!您认为那个杀了典当商王侯的人销毁了死者为您保管的所有票据。但他很聪明,李英。他想用自己手上这些可见的证据保护自己,因为他料到您会一个接着一个地杀死所有知情人。这些票据对他来说毫无用处,因为他还没用上它们,就在王侯的家中被谋杀了。是您开枪杀死了他,您找遍了整个房子没找到那些票据,所以就认定它们已经被销毁了。但是我们在夜里拿走了这些证据!您自己看看这些字据!"

李英走到桌边。"伪造的。"他轻蔑地说道,"我跟这一切无关。真是荒唐,竟然说王侯是我派人杀害的。"

"也许是听从——索罗索夫的命令?"罗伊不紧不慢地问道。

李英一下子瞪大了双眼,踉跄着朝罗伊迈近一步。"您知道索罗索夫?"

罗伊不说话。

"您——抓住索罗索夫了?"

那人似乎将沉默当作了肯定的回答。他环顾了一眼四周,然后在齿间发出嚓嚓的声音。

罗伊冲到他跟前。太晚了。李英全身抽搐地躺倒在地,米丽娅姆哭叫着跑到了大厅里。一切都结束了。那人死了。

"他的口腔内肯定藏了有毒的胶囊。"罗伊说道,"所以他的声音听起来总是那么压抑。"

他跑进大厅里,试图安慰米丽娅姆,但她径自哭个不停。

"米丽娅姆!您想一下,李英犯下了多起谋杀案——"

"是的,没错。——她在哪儿?德泰呢?"

"我们马上就去找她。"

"镭针呢?"贝尔格走过来问道。

"我刚刚正在等德泰将镭针拿下来,然后就听到您在大厅里的说话声。但是我相信我能认出那些隐蔽的抽屉来。"

米丽娅姆害怕地转身背向那个房间,警察们此时正往里面走去。

"我想离开这里回英国。"她轻声说道。

"我们过几天就离开上海。"罗伊承诺道,"我还要向这里的警察解释些事情。"

"现在我们没什么要做了吧?"她问道,"我的意思是,一切都真相大白了吧?"

罗伊没有回答。米丽娅姆先看看他,又看看贝尔格。

"啊,对了,镭针。我们必须上楼去。"

她让罗伊轻轻牵着她走,但没过一会儿又自己走到前面去了。

昏暗的楼梯间里亮起了电灯,尽管如此,他们还是费了好大劲儿才摸到了墙壁上的隐形门。咔擦一声轻响,门就自动向外打开了。米丽娅姆下意识地退后一步,留在了外面,而贝尔格和罗伊则走进了这间装饰了菊花的房间。

德泰伸展着四肢躺在丝绸座垫的中央。浅色的地面上有一道狭长的血迹;这个中国女人美丽的手上还紧握着一把刀。罗伊什么东西都不碰,而是把警察叫了上来,给他们指了指墙上一个打开了的抽屉。德泰看来就是从那里面拿出那把刀的。里面还有一个小盒子,当贝尔格打开它的时候,看到了许多彩色石头中间的镭针。

"这枚小小的镭针都引发了什么啊!"他忧伤地感叹道。

"亲爱的教授!"罗伊的声音听上去十分真诚,"物品的属性总是人赋予的。在您的手中是福祉的东西,到了罪犯手中就成了诅咒。"

罗伊在等待法医时,贝尔格将米丽娅姆带到了罗伊家中。

*

晚上,约翰·罗伊、米丽娅姆、麦克罗宾森、帕特森、贝尔格、迪伦小姐和詹姆斯,所有人都聚集到一起。詹姆斯今天不用服侍任何人,而是坐在他们当中,他或直接或间接地帮助过他们所有人。罗伊很希望冯也能来,但当他想去杜兰德家中找他的时候,他已经不在了。他动身离开了,因为他认为他已经完成了自己的任务。

帕特森在他的沙发椅中伸展着四肢。

"我在《泰晤士报》上读到,伦敦现在下雨,天气很冷。看来,我没指望能在某个海滩上消除我在这里折腾出来的一身疲劳了。很遗憾我没能帮上你们,尽管我非常愿意,罗伊。"

"您帮了我很大的忙了,帕特森。要是没有您的话,我不可能在那么短的时间内毫不引人注意地认识那么多与案件相关的人。"

"好吧。都过去了!我再也不会看到中国了。"

"为什么?我们不能够仅仅因为有一些人给我在上海的生活造成了困难,就给一个国家下定论,这样的错误我们可不能犯。"罗伊反驳道,"您跟我们一起回伦敦吗?"

"巴不得今天就走。我猜,教授先生,"他看着麦克罗宾森先生,"这里也没什么事情了。"

"我当然跟你们一起走,"麦克罗宾森确认道,"再加上特里小姐,我们一共是五个人。"

"六个,"罗伊说道,"杜兰德太太必须一起走。"

"杜兰德太太?"教授惊讶地问道。

"她受不了这样的飞行旅途的。"贝尔格提出了反对意见。

"为什么呢?我们就让这病怏怏的女人留在这里吧。"

"不行。杜兰德先生请求我将她带到欧洲,将她带给他。"

"好吧。那我们就会带着一个死人——"

"您为什么那么悲观?"帕特森叫道。

"太可怕了!"米丽娅姆说道,"奥尔加·杜兰德知道李英的罪行吗?"

"我认为她不知道。"罗伊说道,"我曾在中国城见过一次奥尔加·杜兰德,我那时猜测她在偷偷吸食鸦片。现在我知道了——她那时进了那个隐蔽入口,以便通过小巷到达王侯家中。她可能想拿回典当给他的首饰,因为她的资金耗尽了。"

"那李英或者他的同伙为什么要用真珠宝换掉假的呢?"帕特森问道,"这根本说不通,因为李英可以直接将真珠宝给她的。"

"因为那个中国人得知,杜兰德执意要查明为什么他太太的首饰盒中的珠宝是假的。他害怕奥尔加会崩溃,最终向丈夫承认一切。"

"可是李英如果通过镭针的骗局获得了大笔财富的话,那么杜兰德的珠宝对他来说就不那么重要了吧?"贝尔格反对道。

"您忘了,奥尔加·杜兰德完全被他控制住了。要是编造

的故事还能够带来盈利的话,这对他来说是再好不过的了。他利用奥尔加做诱饵。杜兰德夫妇是上海最富有的人之一,名声在外。尽管那中国人迷人的女儿代表这个家庭抛头露面,许多人还是不愿意到这家来;但如果像奥尔加·杜兰德这样的女士也出现在这家的社交圈中的话,那这些人最终也会来。"罗伊解释道。

"德泰知道她父亲是个谋杀犯吗?这一点我根本没法想象。"米丽娅姆若有所思地说道。

"我也是。她也许觉察到父亲的生意不是那么的正当,但她肯定没有参与到谋杀中来。"

"那她为什么自杀了呢?"帕特森表示怀疑。

"噢,这一点我能够理解。当她看到警察来到家中,像对待已然定罪的犯人那样对待自己的父亲时,就崩溃了,觉得找不到别的出路了。"

米丽娅姆站了起来。"我累了,想回酒店了。"

"稍等片刻。我开车送您过去。"罗伊说道,"我还要听听杜兰德太太对于一起去欧洲这件事情的想法。"

他离开那个房间去打电话,没过一会儿就表情严肃地回来了。

"发生了什么事?"麦克罗宾森紧张地叫道。

"新来的女仆先是告诉我,奥尔加·杜兰德睡下了,当我请她叫醒太太时,她告诉我房间里没人应答,房门也是锁着的。"

"这没什么好担心的。她可能偷偷离开家,拜访什么人去了。"帕特森安慰激动的罗伊。

贝尔格不理会这建议。"我现在就开车过去,虽然我预感我可能帮不上什么忙了。"

米丽娅姆捂住了耳朵。

"我准备好了。"她轻声说道,"什么也听不到了!"

罗伊牵着她的手臂,把她带到车里。现在,活生生的米丽娅姆比自食其果而死的奥尔加·杜兰德更重要。两位医生肯定会照料好她的。所以他也跟着上了车,慢慢地发动了汽车。

"米丽娅姆,明天上飞机之前,我必须同您在酒店里谈一谈。我明早来可以吗?——您为什么不回答我?"

"麦克罗宾森教授也想跟我单独谈谈。"她疲惫地说道。

"然后呢?"

"我请求他立刻说出心里想说的话。他求婚了。"

"您的答复呢?"

"拒绝了。我很尊敬他,但我不爱他。"

"他选择了一个错误的时机,我们的好教授。眼下还有其他事情要解决,还不到谈论感情的时候。"

"还有事情?我相信——"她悲伤地沉默了。

"我明天就是要同您谈这件事,米丽娅姆。"

"原来是这样啊——谈什么?"

"您到伦敦后还能有状态再帮我一次——最后一次忙吗?"

"当然。"

"但这不会很容易,米丽娅姆。我很不希望把你牵扯进来,但是我不想冒最后的风险,而你是我的最关键的王牌!抱歉,这听上去不怎么好,但是我没办法斟酌我的用词。"

他们来到酒店前,在街道上停留了一会儿。

"我明天早上等着您来。"米丽娅姆的声音听上去很冷静，这让罗伊大为惊讶。

*

罗伊掉转车头，抄近路来到杜兰德家。他在那里看见了贝尔格和麦克罗宾森，他的猜测得到了证实。她的命运已成定局。死者的床边有一个装过弗罗那（一种安眠药）的空玻璃管。

他把剩下的事情都交给两位医生，然后回到自己家中。帕特森和迪伦小姐还在那里等消息。他简短地告诉他们奥尔加的死，他们沉默地走开了。

罗伊伏在那本黑色油布面笔记本上，专心做着记录，因为这一夜还剩下几个小时，他担心自己难以入睡。但是本能强烈地表达着它的诉求，罗伊沉沉地睡着了，一夜无梦。

一 个 词

格兰和阿德尔正在去往克罗伊登的路上,以便在那里迎接罗伊和他的同伴们。杜兰德在苏格兰警局里等着,因为罗伊曾经请求他参与接下来将要进行的会谈。

"他载誉归来了。"阿德尔沉浸在自己思索之中。

"是啊!不过我们还没查出是谁谋杀了那个律师!真让人——"高级督察有些气恼。

"就是啊,这事真邪乎。一点儿与凶手相关的线索都没有!我不会感到奇怪的,要是——"他没往下说。

"要是什么?"

"要是他,那个了不起的约翰·罗伊,外交部的一个矮个子,将米尔斯之死也查清了的话。"

"荒谬!他人在上海,但是米尔斯却是在伦敦被谋杀的。"

"没错,没错!但是凶手呢?没有人说凶手就一定得——"

阿德尔没说完这句话不是他的问题,因为格兰方才瞥了一眼手表,发现时间确实太晚了就加快了速度,差点儿撞上了一辆公交车。他的朋友惊叫一声,然后在接下来的路途中就一直保持着沉默了。

特里先生和警局的曼上校也到了机场。

"一开始共同经历了这场悲剧的所有人最后终于聚到一起了。"罗伊说道。

米丽娅姆脸色苍白,罗伊时不时地用担忧的眼神看着她。

"能承受吗?"他轻声问道,"我现在还能改变计划。"

她摇摇头。"我会信守承诺的。"

"您拿到逮捕令了吗?"罗伊问道,他同督察和曼上了同一辆车。

"现在就我们几个人,可以毫无顾虑地说话了。"曼大声斥责道,"逮捕令的事情——太奇怪了!"

"可惜万分重要,上校先生。"

"见鬼,索罗索夫到底是谁?"曼问道。

"请您耐心些,再过一个小时您就知道了。我想要攻其不备,以此省去费时的审讯和拖拉的谈判过程,避免真相在此过程中被掩盖。您将会很轻松,而且能够亲历嫌疑人认供的现场。"

"亲历!"曼不胜惊讶地重复道。

"是的。不是听到,而是亲历。我很信任的一位女士,如果我没搞错的话,她会坚持到底的。"

曼哈哈大笑起来。

"一定是这样了!您让一个饶舌多嘴、夸夸其谈的女人来——"

"上校先生!我是个心存悔恨的罪人,我已经彻底改变了我的想法。女人们在这起上海案件中表现出了惊人的冷静与谨慎。——停车!"他突然叫道,"计划有些小变动。让所有人都去我家。"

"茶室里有电话。请您给杜兰德先生打个电话,让他到我家来。"

"到——您家?"

"是的,是的,到我的公寓。您别害怕,我的公寓不是积满灰尘、年久失修的废墟。我不在的时候,公寓有人定期打扫。"

跟在他们后面的汽车也停了下来。格兰解释道,他必须打个电话,打完后请大家开车跟着他走。

"为什么突然改变计划?"曼问道。

"因为从心理学角度来说,如果大家都去我那儿,去到一个私人住宅之中,会更好。警局的气氛肯定会对那些有所隐瞒的人产生特殊影响。他们会心存警惕,说起话来、做起事来也加倍小心。"

"我还从来不知道警局有种特殊的氛围呢。"曼不高兴地抱怨道,"我这一辈子还没有像现在这样紧张过呢。但是我警告您:如果您让我失望的话,那么……"

罗伊沉默不语,只是微微一笑。这时候,格兰冲他们点点头,钻进车来。

其他汽车准确无误地跟到了罗伊家门前。

"诸位,"罗伊说道,而所有人都在诧异地谈论着这出人意料的目的地,"去警局之前,我想请大家到我家中恢复一下精神。我相信,我们大家都需要休息。詹姆斯!"

詹姆斯打开了门,拉起了百叶窗,一切果然整整齐齐的,让人无可挑剔。因为詹姆斯很快就端上了茶水、糕点、威士忌苏打和香烟,所以格兰猜测,罗伊早就计划和安排好了在这里逗留。

主人竭力创造出一种轻松无忧的氛围。不一会儿,大家就点起了香烟,喝起了威士忌和茶——只有米丽娅姆安静地坐在父亲身边。

当杜兰德走进来时,房里的气氛是如此愉快。但大家不得不收敛愉悦的情绪,以免新加入的客人感到受伤,因为这喜悦可能勾起他的痛苦。他是否非常想念埋葬在上海的妻子呢?

罗伊朝米丽娅姆微微点头,无人察觉。她迟疑片刻,然后站起身来,慢步走出房间。罗伊可以感受到她急剧的心跳。

突然,外面响起了响亮的呼救声,让人心头一紧。

"坐着别动!"罗伊说得很轻,因此只有格兰、阿德尔和曼听到了。

其他人从距离他们很远的凳子和沙发椅上跳了起来。

"救命啊!救命啊!"

一切就发生在几秒钟之内。

男士们冲在前头,向门外跑去——可是——

"救命啊!救命啊!"这声呼救又是从另外一个方向传来的,大家更加困惑了。

"索罗索夫!"罗伊尖利地喊道。

帕特森转过头来,愣住了;他的身体抽搐了一下,然后站住了。

"督察先生,逮捕这个人!他就是索罗索夫,真正的上海恶魔!杀害米尔斯的人!"

罗伊自己也跳了起来,用冰冷的手从背后抱住了那个不知所措的男人。

帕特森的嘴唇哆嗦着,似乎想说些什么,反抗些什么——但却发不出一个音来。他的目光飘忽不定地扫向门外，米丽娅姆出现在门里。她的脸上没有任何表情，眼眶里噙满了泪水。

"父亲！"她无助地叫道，特里跑向她，领着她出了门。门外响起了汽车发动的声音。

这时，帕特森又恢复了自制的力量。他的目光里迸射出仇恨和讽刺。

"这演的是哪一出戏啊？"他生硬地问道。

"您就是索罗索夫！您暴露了自己！"格兰大声说道。

"就在刚才，而且是两次，索罗索夫。第一次是我看到您快步走路，几乎跑起来的时候——您忘了，您的右脚跛足！"

帕特森气得咬牙切齿。

"这之后，您是唯一听到那个名字有反应的人，那是您的真名。您父亲是俄国人，您母亲是马来人——既不是白人，也不是中国人——正如一个中国人描述的那样。"

帕特森沉默了。

罗伊继续控诉道：

"我们第一次见面时，我就猜到您是杀害米尔斯律师的凶手了。一个词暴露了您，索罗索夫。就像现在'索罗索夫'这个词证明了您有罪一样，那时候也仅仅是一个词让您遭到怀疑。这个微不足道的词是'曾'（war）。当您那时候走进办公室里，加入我们，看到上司不在而表现得十分惊讶时，您说'我曾是（war）米尔斯的得力助手'那个时候，我们还不知道您的上司已经不在人世了，但是您已经知道了。您不说'我是'（ich bin），却说'我曾是'（ich war）！"

"我早就知道了？我只是猜测！"帕特森愤怒地叫道，罗伊抬起了手。

"还有呢！有人看到督察来拜访我——有可能是您自己，您害怕我出面，所以闯入了我的公寓，来射杀我！"

"我？"帕特森努力笑出声来。

"对，就是您！我们量过您在这块地毯上的脚印。被陷害的清白人，请往一边站站，督察先生，请您来对比一下新的脚印。"

帕特森固执地站着，但是罗伊一把抓住他的手腕，他不自主地就跳向一边了。阿德尔弯下腰来测量了脚印的尺寸，将数字与登记簿中的记录做了对比。

"完全一样。"他说着，眼睛盯着帕特森看。

"但是暴露您的不仅仅是您的脚印，还有您的眼睛。当您袭击我的时候，房间里很暗。我打开落地灯的一瞬间，光线恰好照到了您的眼睛。在同样的光照情况下，我在上海的暗室里又一次看到了您的脸，索罗索夫。那时候，您出乎意料地走了进来，詹姆斯不小心关掉了灯，于是麦克罗宾森教授打开了他的手电筒。您的眼睛是黄色的，就像是野兽的眼睛——两次。我太过震惊了，所以冲出了暗室，跑到了亮处，叫来了詹姆斯。我所见的让我不知所措。"

"您真了不得！"帕特森讽刺道。"即使是这样您还跟我合作？利用了我的帮助？接着又设计了一切，歪曲一切来陷害我，您——"

"这正是最大的帮助，索罗索夫！您没有觉察我对您的怀疑，您认为我毫不疑心地与您合作，认为可以牵着我的鼻子走。这种表面上的友谊保护了我免遭您和您的同伙的迫害。一个无害的疯子——这就是我在您心中的形象——不仅没必要去杀害，与此相反，还能够加以利用。我小心翼翼地向您隐瞒了我真正的发现。您好好想想！您那时深思熟虑后带我去那个鸦片馆，以便将一切描绘成是微不足道的小事。奥尔加·杜兰德偷偷吸食鸦片——别无其他。朝我们扔来的石头当然也不是为了置我于死地。毕竟在中国城里谋杀一个白人会引起太大的轰动，您无论如何要避免发生这样的事情。但是您其实不应该找人扔石块的。扔石块是为了吓唬我，不是吗？让我不再想到中国城来。事实上，这是一条针对您的新证据。那个中国人看到我们两人，但他喊了什么？'你个死白佬！'那里常用的一句脏话。但是他为什么不骂'你们这些死白佬！'，而只是针对我呢？因为他认识您，石头是您命令他扔的。那个中国人知道您根本不是白人，而是混血白人。"

索罗索夫挣扎扑腾起来，但阿德尔早就用手铐铐住了他。

"这不是真的！"他尖叫道。

罗伊将一张照片举到他鼻子底下。照片上是比现在年轻许多的索罗索夫和奥尔加·杜兰德，两人中间坐着一个臃肿的马来女人。"致我亲爱的母亲，"罗伊大声念了出来，"下面写着奥尔加和约瑟夫。您后来又改名为亨利。从日期上看，您在奥尔加结婚之前就认识她了，而且相互很熟悉，从我在她那里找到的信中也可以推断出这一点来。女人总是多愁善感的，这点您必须考虑在内。您建议她烧掉所有您写的信，她也许向您做出了承诺，但最后却没能做到。后来当您在上海遇见米尔斯先生，先是协助他，后来又帮他继续打理生意，最终来到了伦

敦。就是那时候，她也没烧掉那些信。奥尔加也许通过丈夫得知了米尔斯在上海需要一个可靠的人手。因为您当时还没有工作，所以您改名为帕特森，通过李英搞到了伪造的证件，然后就没有什么能够妨碍您光明的前途了。只是，您没有钱，薪水也十分有限。这时候，李英想出了利用镭针的可怕念头，而您则尽您所能在伦敦帮助他。威尔斯、龙、伍德、莫里斯都找您征询过意见，因而李英的花招很容易得逞。最终，随着麦克罗宾森的怀疑，您走向自我毁灭的过程也开始了。米尔斯猜测到莫里斯在上海进行投资，因而开始思考起来。他承诺向我们和报社披露轰动性的真相。这样的事情必须被阻止，所以米尔斯被发现吊死在阁楼上。只有能够不引人注意地进出那栋房子的人才有可能将其杀害。您陪着他到顶楼，也许是为了帮他寻找关于莫里斯之死的材料。您从背后袭击了他，然后将他吊了起来。在上海，您想要以一种毫无风险的方式杀害杜兰德。您在他太太的花园宴会上调换了烟盒。我让他给我一份来客名单，您的名字当然也在上面。您想用那六十个烟盒迷惑我！"

一辆车停在了公寓外，格兰走到窗边。

"到时候了。"他说道，"走吧！"

几个警察走了进来，用问询的目光看着曼上校，然后根据他的点头示意押走了被铐住的犯人。

"我们最好马上去警局一趟。"曼命令道。

阿德尔收起了记录簿，此前他一直匆忙地做着记录，罗伊跟着警局的人离开了，麦克罗宾森和杜兰德则留了下来，内心大为震惊。

"您真的一开始就怀疑帕特森了？"当他们都坐上车时，

格兰问道。

"是的。"

"但是我们劝告您别带着他,因为您认识他的时间还太短。"

罗伊微微一笑。

"您还记得吗?我那时候跟您说,帕特森不管怎样都会对我有所帮助。难道他没有吗?他并非有意,但却将我引入了上海最重要的圈子之中。我只需要保持警惕就可以了。"

"只是……"上校出神地嘀咕道,"索罗索夫的跛足到底是怎么回事?我还有很多地方不明白,您明天必须好好再跟我讲讲在上海发生的事情。"

"很乐意。王侯,就是那个典当商,被谋杀的那个晚上,一个中国人看到站在他家门前的一个男人被迎进去之后很快又离开了。这个人的右脚有些跛。当天夜里,杜兰德家有一场宴会,帕特森也在场。但是就像在喧闹的人群中经常发生的那样,他脱离了我的视线。此外,我单独同杜兰德先生交谈了很长的时间。帕特森,也就是索罗索夫,一定是在这段时间内从王侯那里拿来了真的珠宝。"

"然后杀死了那个典当商!"格兰喊道。

"为什么是他呢?这件事情是他让手下人干的,就是那个我和冯在王侯的家中碰见并绑起来的中国人。帕特森只是拿了首饰,然后快速回到了宴会上。没有其他可能性。他溜进了女主人的房间。女主人多次在这里接待过他的拜访,因而他对这个房间非常熟悉。他虽然在那里被女仆撞见了,但还是及时出现在了大厅之中。"

"为什么一定要特里小姐帮助才能够证明他有罪呢?"格兰问道。

"因为他爱上了她,除了她的呼救声,没有什么更能让他克服跛足的障碍,甚至是跑动起来了。我利用了他的慌乱,叫了他的真名。"

"真不可思议。您知道吗?嗯——帕特森那时走进律师的办公室时,给人一种爱好运动的印象。而且那女秘书——"

"——说,他很喜欢打高尔夫球和马球。"罗伊补充道,"您见过有人在这两种运动中跑步吗?"

"没错。打高尔夫球时是球童跑动,打马球时是马在跑。"曼笑道。

"您看吧!他很虚荣,所以想要掩盖身体上的小缺陷,因此根本不会尝试诸如网球这样的运动。索罗索夫只跳慢节奏的探戈或慢舞。"

"好了,罗伊,要求点儿什么吧!这是您应得的!"

"假期,只要假期!我要去旅行——"

"——而且不是一个人,对吗?"曼问道,"您度假的事情不归我管,但是您会得到一份恰当的结婚礼物的。一尊佛像或者一尊一直点头的神像怎么样?"

罗伊捂住了耳朵。

"我很多年之内都不想再看见这两样东西了!"

*

特里先生坐在女儿躺着的长沙发边上,当有人火急火燎地穿过隔壁房间，推开虚掩着的房间门，如从天而降般地出现在房间里时，着实大吃一惊。

"特里先生——我请您将您女儿的手交给——"

"先生！您利用了这可怜的孩子，逼迫她做了力所不能及的事情之后，竟然还敢来——？"他惊讶地顿住了，因为他看到刚才还虚弱不堪的女儿惊叫一声后一跃而起，又笑又哭地抱着罗伊的脖子。

"人们应该相信女性所具有的能力，尊敬的岳父大人！她们比我们想象中更有力量！"

他说着扶起了米丽娅姆，带着她走出了房间。特里先生像个被打败的人似地在长沙发上躺了下来。

（完）